Una Rock Star

SOTTO COPERTURA

JENNA GALICKI

QUIXOTE EDIZIONI

ISBN: 978-88-5490-383-8

Pubblicato da:

QUIXOTE EDIZIONI – Via Risorgimento, 11 – 10022 Busca CN

Titolo originale: The Undercover Rock Star – Bulletproof #1,5

Titolo: Una Rock Star Sotto Copertura – Bulletproof #1,5

Progetto Grafico: PF Graphic Design

Photo Credit: kanareva/depositphotos.com - firststyles/freepik.com

Traduzione dall'inglese a cura di: Cristina Sala

Edizione italiana a cura di: Alessandra Magagnato

www.quixoteedizioni.it

Prima edizione dicembre 2020

CAPITOLO UNO

UNA VACANZA ERA la cosa più spontanea che Cam avesse mai fatto in vita sua ed era esattamente ciò di cui aveva bisogno, ma l'estroso resort a Rio de Janeiro non era proprio quello che si era immaginato. L'agenzia viaggi aveva omesso di dire che i quattro giorni di serenità all'hotel sul lungomare immacolato sarebbero stati l'equivalente di una festa sfrenata non-stop. Sorseggiando una Piña Colada al bar, si chiese quando fosse diventato un pantofolaio. La risposta gli balenò in testa con una piccola provocazione: quando il suo ex ragazzo lo aveva mollato tre mesi prima. La vacanza improvvisata avrebbe dovuto dare una scossa al suo morale a terra, ma a lui sembrava solo di aver cambiato luogo. Si era attaccato al bar nello stesso modo in cui si era legato al divano del suo soggiorno e il telecomando era stato sostituito da un drink in una noce di cocco. Era ancora solo e ancora di malumore.

Almeno, la vista era migliore. Uomini stupendi scorrazzavano mezzi nudi ovunque e il movimento nel costume di Cameron era un cambiamento ben accetto. Sebbene non avesse fatto voto di castità dalla rottura della sua ultima relazione, il suo interesse e la sua vita sessuale si erano deteriorati in modo notevole.

Dopo che ebbe fatto il pieno dell'enorme insalata di tacos di fronte a sé, riprese a esaminare gli dèi bagnati e atletici a torso nudo che se la spassavano in piscina. Una voce dietro di lui catturò la sua attenzione. Ascoltò senza girarsi, mentre l'uomo aveva una breve conversazione con il barista. La voce era sexy, morbida e calda. C'era della fermezza nel tono amichevole, che indicava che aveva polso, il che stuzzicò la sua curiosità. Non poté trattenersi più a lungo, aveva bisogno di vedere il viso dietro la voce seducente. Ruotò sullo sgabello e fu accolto da un paio di pettorali tatuati e capezzoli rosa scuro, proprio all'altezza degli occhi. Il petto a cui appartenevano era degno di un atleta olimpionico e il cuore di Cameron si fermò. Quei grandi capezzoli fantastici erano entrambi perforati da una barra d'argento e si trovavano sopra una tartaruga perfetta. Capelli biondi e setosi con delle leggere onde, erano legati dietro al collo dell'uomo. Un paio di ampie spalle erano baciate da una tonalità marrone-rossastra per via del sole, mentre il resto del corpo aveva un'abbronzatura perfetta. Pantaloncini da surf che arrivavano al ginocchio e infradito erano le uniche cose che coprivano quel corpo magnifico. Due incredibili occhi azzurri ricambiarono il suo sguardo, accompagnati da un sorriso carismatico e luminoso.

«Ehi.» Fu l'unica parola che offrì quell'uomo bello da morire.

Cameron rimase a bocca aperta e la mente gli si svuotò per un momento. Tutto ciò che riuscì a fare fu allungare la mano per presentarsi. La stretta fu ferma e il contatto pelle contro pelle gli mandò un brivido lungo il braccio e una scossa di eccitazione al petto. Deglutì per ricoprire la gola secca con la saliva e gli tornò la voce. «Ciao, sono Cameron Douglas.»

«Piacere di conoscerti, Cameron. Posso chiamarti Cam?»

Puoi chiamarmi in qualsiasi modo tu voglia. «Certo. In effetti, nessun altro lo fa, ma posso fare un'eccezione.»

«Cosa ti porta a Rio durante questo caos, Cam? Sembri un pochino fuori posto.»

Una piccola risata gli fuoriuscì dalla gola. «È così ovvio?»

L'uomo appoggiò un gomito sul bancone e si allungò verso di lui, gli occhi azzurri allacciati ai suoi. «Mettiamola così, ti ho subito notato.»

Cameron trattenne il fiato per un breve secondo e si interrogò sul doppio senso nella frase. Si chiese se quell'uomo bellissimo ci stesse davvero provando con lui o se fossero solo i suoi ipereccitati ormoni a distorcere le parole del ragazzo. Quello schianto si era messo di proposito di fianco a lui e aveva fatto conversazione con il barista come un preludio per presentarsi o era solo una coincidenza? Si rese conto che il suo discorso mentale aveva creato una pausa nella conversazione e pensò velocemente a qualcosa per riempire il vuoto. «Ho detto all'agenzia viaggi che volevo andare in un posto divertente, ma immagino che la loro idea di divertimento sia un pochino diversa dalla mia.»

La risata dell'uomo era piena, baritonale. «So esattamente come ti senti. Io avrei preferito Cabo, ma i miei amici hanno votato Rio ed ero in minoranza.» Posò brevemente lo sguardo sugli affollati tavoli del bar. «Almeno è stata una settimana tranquilla, parto domani. A volte è bello allontanarsi dalla frenesia e gustarsi una semplice bella giornata in spiaggia dove nessuno conosce il tuo nome.»

«Che sarebbe?» Cameron si rese improvvisamente conto che la sua nuova cotta non si era ancora presentata.

Bel Tipo aprì la bocca per parlare, esitò e poi sfoderò un largo sorriso. «Non sai il mio nome?»

Cameron ricambiò il sorriso inclinando la testa di

lato. «Come potrei sapere il tuo nome? Non me lo hai mai detto.»

Un'occhiata interrogativa attraversò gli occhi di Bel Tipo, che poi strinse le labbra per trattenere il sorriso. «Brandon.»

«Hai un cognome, Brandon?»

«Sì.»

«Ti va di condividerlo?» Quel piccolo quiz era pieno di intrigo e piccoli sorrisi giocosi.

«I cognomi non sono importanti. Perché non ordiniamo un giro di drink e andiamo a sederci in spiaggia?» Brandon aggrottò le sopracciglia con un ripensamento. «Sei qui da solo o ho appena fatto un passo falso? Sai, visto il numero che porto, è facile che inciampi nelle mie stesse scarpe.»

Cameron emise una risata inaspettata, soprattutto perché Brandon stava indossando delle infradito, ma anche per il riferimento al piede lungo. «Sì, che tristezza, sono qui da solo.»

L'ampio sorriso tornò sul bellissimo viso di Brandon. «Non è per niente triste, anzi mi rende un uomo molto felice. Cosa bevi?»

«Ho bevuto questi cosi al cocco tutto il giorno.» Cameron sollevò il guscio vuoto ed esaminò ciò che rimaneva del cocktail sul fondo. «Ma stanno mettendo alla prova la mia tolleranza allo zucchero, prendo una birra.»

Brandon alzò un dito per attirare l'attenzione di un barista, e uno di loro praticamente spinse via gli altri due per poter prendere il suo ordine. Era un bartender americano, con un sorriso goffo, e decisamente troppo entusiasta del suo lavoro. «È un piacere servirla...»

«Grazie,» lo interruppe Brandon. «Prendiamo due Corona, per favore.» Si inclinò verso il barista e abbassò la voce. «A volte la privacy è un lusso, specialmente in paradiso. Ci sono delle capanne disponibili?»

Il barista fece un cenno con il mento verso la spiaggia. «Prendete la capanna numero tre, mi assicurerò che lo staff vi porti tutto ciò di cui avrete bisogno.» Posò due bottiglie di Corona sul bancone, una di fronte a Brandon e l'altra di fronte a Cameron. «Queste le offre la casa. Se vi serve qualcos'altro, qualsiasi cosa, venite da me. Sarò felice di aiutarvi e mi assicurerò di rispettare la vostra privacy.»

«Grazie, lo apprezzo molto.» Brandon prese la birra e la fece tintinnare contro quella di Cameron. «Ti unisci a me sulla spiaggia?»

Sì, merda. Sì, cavolo. Sì, cazzo. «Certo.»

Mentre cominciavano ad allontanarsi verso la capanna, il barista chiamò Brandon. «Mi scusi... signore. Può firmarmi qualcosa? Per-per la birra,» disse incerto. Tirò fuori una ricevuta bianca, la mise su un vassoio di plastica e la consegnò a Brandon perché la firmasse.

Quest'ultimo si fermò per leggere il cartellino con il nome sul petto del barista prima di scarabocchiare sul foglio. Cameron sbirciò la firma. Non riuscì a decifrare il cognome di Brandon, ma colse le parole sopra di esso: Grazie per le birre, Andy! L'interazione tra Brandon e il barista sembrava strana e fuori luogo. Studiò Brandon. Sicuro di sé. Carismatico. Misterioso. Sulla ventina. Incredibilmente bello. Sexy da paura. Sapeva che stava nascondendo qualcosa, ma non riusciva a capire che cavolo fosse, né gli importava.

CAPITOLO DUE

BRANDON BULLET ERA ABITUATO A MIMETIZZARSI tra la folla quando nascondeva il proprio abbigliamento vistoso, i capelli selvaggi e l'eye-liner nero, ma non era abituato a evitare di essere riconosciuto in una conversazione faccia a faccia. Il bartender aveva chiaramente visto oltre il suo fiacco travestimento, ma Cameron Douglas era ignaro. Davvero non aveva idea che il cantante di una delle rock band più famose d'America ci stesse provando con lui? Era un'eventualità che Brandon contemplò mentre andavano verso il lungomare.

La fila di capanne era a pochi passi di distanza, direttamente di fronte all'oceano blu cristallino. Delle tende a strisce verdi e bianche erano legate ai pali degli angoli, rivelando che molte delle capanne non erano occupate. Brandon e Cam si fermarono di fronte alla numero tre e ne fissarono l'interno, in un attimo di silenzio imbarazzante.

«Un letto?» Cam inarcò un sopracciglio e le labbra si incurvarono in un sorriso sornione.

Brandon ridacchiò. Non avrebbe potuto essere più perfetto. Si portò la mano al petto per proclamare la propria innocenza. «Non ne avevo idea.»

Cam alzò gli occhi al cielo giocosamente prima di bere un sorso di birra e appoggiare la bottiglia sul tavolo di fianco al letto. Scalciò le infradito, si sdraiò sul lato sinistro del materasso e allacciò le mani dietro la testa. Fissò le tende drappeggiate da un lato all'altro della parte alta della capanna, senza il benché minimo segno di disagio.

Brandon lo raggiunse. Si erano incontrati meno di venti minuti prima e ora stavano sdraiati l'uno accanto all'altro, a pochi centimetri di distanza, su un letto sulla spiaggia. Era assurdo ed eccitante da morire.

Cam sospirò soddisfatto. «Si sta proprio bene. Allora, di dove sei, Brandon Senza-cognome?»

«Fountain Valley, ma ora vivo a Los Angeles.» Si era accorto delle erre non pronunciate e le consonanti calcate nel modo di parlare di Cam. «Fammi indovinare: sei di New York.»

Cam sorrise. «È così ovvio?»

«Già. Mi piace molto l'accento della East Coast. Ha un che di tosto di cui noi californiani del sud non riusciamo a fare a meno.» Girò la testa per guardare Cam. «Questo californiano del sud, perlomeno.»

Cam allargò il sorriso, si girò sul fianco e tirò su la testa puntellandosi sul gomito. I caldi occhi marroni scintillarono come cioccolato fuso nella luce del sole pomeridiano. «Fammi un favore, sciogliti quel nodo dai capelli.»

Brandon si irrigidì, preoccupato che Cam lo avesse infine riconosciuto.

«Voglio solo vedere quanto sono lunghi. E toccarli.»

Non ebbe bisogno di essere sollecitato ulteriormente. Si mise a sedere e sciolse l'elastico che li teneva legati. Le onde bionde gli ricaddero sulla schiena e su una spalla, la leggera brezza sollevò una ciocca e gliela portò davanti al viso mentre si voltava per vedere la reazione di Cam.

Quest'ultimo prese la ciocca ribelle e gliela mise dietro l'orecchio. Il sorriso sul volto di Cam era pieno di fascino e gli fece accelerare il battito. Posò lo sguardo su quelle meravigliose labbra carnose. In un qualsiasi altro giorno, con un qualsiasi altro uomo, avrebbe succhiato quel labbro inferiore già tre minuti dopo che si erano incontrati, invece stava aspettando il momento giusto per baciarlo e non sapeva bene perché stesse esitando.

«I tuoi capelli sono bellissimi, perché non li tieni sciolti?» Cam gli passò le dita tra le ciocche per tutta la lunghezza. La mano scivolò sul centro della schiena con una leggera carezza che sembrò più intenzionale che accidentale, il che scatenò un'ondata di calore che gli attraversò il corpo e un brivido gli corse lungo la spina dorsale. Un'altra folata di vento fece volare una ciocca, e Cam sorrise. «Immagino che questa sia la ragione. Io non ho quel problema, non ho mai avuto i capelli che andassero oltre la nuca. Cosa fai nella vita che ti permette di avere tanta libertà con i capelli? Al lavoro non mi permetterebbero mai di tenerli lunghi, nemmeno raccolti in una coda di cavallo.»

Quell'affermazione praticamente garantiva che Cam non avesse idea di chi lui fosse. L'anonimato era confortante: senza il marchio della notorietà, poteva percepire l'interesse di Cam come autentico. Passava la maggior parte delle notti circondato da un seguito di ammiratori, tutti che competevano per scoparsi il famoso frontman dei Bulletproof. Sapeva che molti, se non tutti, erano solo interessati a portarsi a letto una rock star, e non sapeva mai se qualcuno fosse davvero interessato a lui come persona. Nessuno di loro probabilmente lo era, visto che passavano così facilmente a un altro membro della band. Era il lato negativo della fama; odiava il vuoto della sua villa e la metà non occupata del suo letto. La solitudine di una vita da single gli lasciava una lacuna nel cuore, ma non riusciva mai a impegnarsi con qualcuno nel momento in cui ne dubitava l'integrità.

Cam gli diede un colpetto sul braccio. «Ti sei incantato? Ti ho chiesto che lavoro fai.»

«Io...» Non aveva una risposta. Non era pronto a rivelare il suo stato di celebrità e non aveva intenzione di inventare un'occupazione fittizia.

«Non hai intenzione di rispondere nemmeno a questa domanda?» Cam, che ora sedeva dritto di fianco a lui, abbastanza vicino perché le loro cosce si toccassero, strinse gli occhi intrigato. «Sei un uomo molto elusivo. Hai intenzione di dirmi una qualsiasi cosa oltre al tuo nome?»

Una cameriera vestita con un sarong corto e il top di un bikini si avvicinò alla capanna e sistemò un secchiello con sei bottiglie di Corona immerse nel ghiaccio, cortesia del barista.

Brandon la ringraziò e prese una delle bottiglie fredde. «Mi piace la birra,» disse con un sorriso provocante.

«Anche a me.»

«Abbiamo già qualcosa in comune. Dimmi di più su di te, e poi ti dirò qualcosina su di me.» *Forse.*

Cameron prese la bottiglia dalla mano di Brandon, la aprì e gliela ridiede. Dopo aver pescato dal secchiello un'altra bottiglia per se stesso, ne bevve un lungo sorso. «Sono cresciuto in periferia, ma vivo a Manhattan. Lì ho fatto lo stesso noioso lavoro come contabile per dieci anni. Ho appena compiuto trent'anni, ho due sorelle e un cane di nome Brandy.» Cam abbassò lo sguardo sulla sua birra e cominciò a grattarne l'etichetta. L'espressione allegra si incupì leggermente e la bocca diventò una linea sottile. «Ho avuto una brutta rottura qualche mese fa, questo week-end di evasione doveva tirarmi su il morale.»

«Lo ha fatto?»

Cam sorrise lentamente. «Non fino a che non sei comparso tu.» I loro sguardi si incrociarono per qualche secondo, poi Cam lo indicò con la birra. «È il tuo turno.»

Scelse le sue parole con attenzione. «Beh, lavoro molto. Il lavoro fa sì che io viaggi per lunghi periodi di tempo, quindi non ho una relazione duratura da anni.» L'attrazione verso relazioni senza significato e botte e via era diminuita drasticamente negli ultimi mesi e si era ritrovato invidioso di quelli con un partner fisso. «Mi manca molto la sicurezza e l'intimità di una relazione seria.»

«Vedo che continui a evitare la domanda sul lavoro. Comincio a pensare che tu sia un agente in incognito o una cosa così.»

Era davvero un bel tentativo. «Sei molto intelligente.»

«Grazie, adesso dimmi qualcos'altro su di te.»

«Ho una grande famiglia, due fratelli e due sorelle, e i miei genitori sono felicemente sposati da trent'anni. È una rarità da dove vengo io.»

«È una rarità ovunque, oggigiorno. I miei genitori si sono separati quando ero alle elementari, ci sono voluti dieci anni prima che potessero stare nella stessa stanza senza sbranarsi a vicenda.»

I pensieri di Brandon tornarono alla sua infanzia, e un episodio gli tornò alla mente. «Quando ero piccolo, avevo la paura segreta che il matrimonio dei miei genitori fosse una finzione e che stessero solo aspettando che noi crescessimo per poter poi divorziare. Tutti i miei amici venivano da famiglie con un solo genitore e avevo sempre pensato che un giorno sarebbe successo anche a me. Una volta, i miei hanno avuto un grosso litigio e ho pensato che fosse l'inizio della fine.» Era un ricordo doloroso a cui non pensava da anni e si chiese perché stesse condividendo un particolare così intimo con Cam.

«Cos'era successo?» Cam si chinò verso di lui, avvicinandosi, determinato ad ascoltare il resto.

«Hanno discusso per qualche ora, se ne sono andati infuriati a lati opposti della casa fino a che non si sono calmati e poi si sono scusati a vicenda.» Scrollò le spalle. «Dopodiché, tutto è ritornato alla normalità, ma io ho continuato a pensare che il loro matrimonio fosse finito. Ricordo che sono rimasto sulle spine per settimane, aspettando solo che lanciassero la bomba-divorzio, ma non è mai successo. È stato allora che mi sono reso conto di quanto cavolo fossi fortunato.» Fu sorpreso dalla propria onestà, non dava mai informazioni personali su di sé alle persone che conosceva appena. Era a proprio agio con Cam, non c'era paura di distruggere l'immagine illusoria di Brandon Bullet, visto che lui non aveva alcun preconcetto al riguardo. Voleva svelare il segreto e dirgli la verità sulla sua notorietà, ma non ancora. Per una volta, voleva rimanere lontano dai riflettori quando si trattava di costruire un legame con qualcuno.

Cam fece un sorriso sghembo. «C'è così tanto che ti frulla in testa, che posso praticamente sentire il tuo cervello sferragliare. Dimmi di più su di te. Qual è il tuo colore preferito? Che tipo di musica ascolti? Per quale celebrità hai una cotta?»

Brandon scoppiò a ridere. «Fai davvero domande scomode, eh? Colore preferito: rosso, come il fuoco; musica: hard rock.» Aspettò una reazione o un qualche barlume di riconoscimento, ma non ci fu niente. «Cotta per una celebrità?» Guardò di lato e pensò alla risposta prima di voltarsi verso Cam con un sorriso. «Cameron Douglas.»

Quest'ultimo sorrise tanto quanto le guance gli permisero ed emise una piccola risatina. «Sei davvero adorabile.»

Brandon si sdraiò sul materasso con le mani dietro la testa e sorrise verso il tessuto a strisce che schermava il sole sudamericano. «Sei piuttosto adorabile anche tu.»

Cam si appoggiò all'indietro su un gomito e lo guardò. Non dissero nulla, si fissarono semplicemente negli occhi.

Una rapida scarica di adrenalina gli riempì il petto. Di norma, a quell'ora avrebbe già portato Cam in camera, se lo sarebbe sbattuto per bene e sarebbe già andato via. Ma quello era uno scenario molto diverso da ciò a cui era abituato. Non voleva fare sesso subito, voleva prima conoscerlo, sebbene quella vicinanza, unita al fatto che erano sdraiati su un letto, rendeva difficile pensare a qualsiasi cosa eccetto dissacrarne il corpo.

Un frisbee gli atterrò sul petto, ed entrambi scoppiarono a ridere sorpresi per il giocattolo inaspettato.

Due ragazze in bikini corsero verso la capanna per recuperare il disco volante. «Scusate,» strillò quella con il bikini verde.

La ragazza con il costume giallo batté le mani e le alzò verso Brandon. «Lancialo!»

A quanto pareva, anche loro non lo avevano riconosciuto, e quel sottofondo di regolarità stava cominciando a perdere il suo appeal. Erano ancora a una buona distanza, ragionò, e il suo aspetto era piuttosto discreto. Si mise comunque gli occhiali da sole, giusto per precauzione. Passò il frisbee a Cam. «Non ho più lanciato uno di questi cosi da quando avevo sedici anni.»

«Sei californiano e non sai come lanciare un frisbee?» chiese Cam sorpreso.

Scosse la testa.

«Gioco a frisbee ogni week-end al parco con il mio cane. Lascia che ti mostri come si fa.» Cam fece scattare il polso e il disco di plastica blu volò dritto tra le mani della ragazza.

«Bel lancio,» esclamò lei. «Volete unirvi a noi?» Lanciò un'occhiata di traverso alla ragazza accanto a lei con un sorrisetto. «La mia amica qui non riuscirebbe a lanciare bene nemmeno se fosse questione di vita o di morte.»

Il che spiegava come il frisbee fosse finito sul petto di Brandon.

Cam gli rivolse un sorriso beffardo. «Pensi di potercela fare, splendore?» Lo tirò su in piedi nonostante le sue proteste.

«Giochiamo a frisbee? Con due ragazze?»

«Sì.» Cam lo trascinò sulla sabbia tirandolo per un braccio. «A meno che tu non abbia paura che un ragazzo di città e due ragazze ti facciano sfigurare.»

Ora il suo spirito competitivo era stato stuzzicato, assieme all'erezione che si stava facendo sempre più grande. «Volevo mostrarti un altro gioco, in camera mia.»

Cam si fermò e lo guardò da sopra una spalla con due occhi ardenti. «Dieci minuti. Poi ce ne andiamo via di qui.»

Non c'era abbastanza spazio sulla spiaggia affollata per stare in cerchio, quindi rimasero sulla battigia, ragazzi contro ragazze, con le onde che lambivano gentilmente i loro piedi. Bikini Giallo lanciò il frisbee a Cam e lui lo restituì con facilità. Sorrise verso Brandon ed esclamò: «Guarda e impara, californiano.»

Sembrava che Cam e Bikini Giallo giocassero una partita privata, mentre Brandon e Bikini Verde stavano da una parte, inutili. «Stai guardando?» gli chiese Cam, mentre il disco gli scivolava via dalle dita.

Brandon stava guardando per bene: guardava i bicipiti di Cam che si flettevano, guardava i muscoli dei polpacci che si contraevano e guardava il suo sedere sodo. Si tolse gli occhiali da sole e li ficcò dentro la tasca dei pantaloncini in modo da avere una vista migliore.

«Se voi due non avete intenzione di farci giocare, vado a prendermi un drink,» si lamentò Bikini Verde con frustrazione.

Bikini Giallo si fermò per valutare il da farsi con l'amica. «Okay, tu prendi la prima linea più vicino all'acqua e io prendo la parte esterna qualche passo dietro di te.» Diede istruzioni anche a Brandon, facendo gesti con la mano. «Anche tu mettiti davanti, così il vento non porterà il disco troppo lontano e sarà più facile per te prenderlo.»

Brandon mise il broncio dirigendosi al suo posto. Sembrava di essere di nuovo nei Little League a baseball.

Bikini Giallo sapeva ovviamente il fatto suo, perché si lanciarono il frisbee più volte senza decapitare nessuno. *Oh, merda.* Il vento deviò il frisbee che era per Cam e gli fece fare un ampio arco direttamente verso di lui. Era in alto, ma stava scendendo rapidamente. Trottò all'indietro, l'emozione che gli ribolliva nel petto all'idea di afferrare il frisbee al volo, e saltò in alto, le braccia allungate verso il cielo. Anziché prenderlo, sbatté contro il duro torace di Cam. Sentì l'aria lasciare i polmoni di Cam, ed entrambi inciamparono all'indietro per poi atterrare sulla sabbia.

Brandon cadde sul sedere e tra le braccia di Cam, che lo stavano aspettando. Era dilaniato tra il fastidio per aver mancato il frisbee e l'eccitazione di essere seduto tra le gambe dell'altro. In realtà non c'era gara, sedere tra quelle gambe era parecchio più importante ed eccitante, ma si comportò come se fosse alterato per il gioco. Si girò, così da vedere Cam in viso. «Cos'è successo? C'ero quasi.»

«Stava venendo dritto verso di me. Teoricamente, avresti dovuto prendere i lanci corti.»

Proprio come nella Little League... di nuovo!

Si fissarono per un momento, poi scoppiarono a ridere. Un'altra onda arrivò e impregnò la sabbia sotto di loro prima di ritornare nell'oceano, ma non fece abbastanza per raffreddare il calore bruciante tra le gambe di Brandon. Passarono dalle risate al silenzio in un istante e sapeva che un bacio stava per arrivare. Le farfalle gli svolazzarono nello stomaco e la passione si agitò dentro di lui. Con gli occhi semi-chiusi si concentrò sulla bocca di Cam, e quelle meravigliose labbra finirono su di lui con più calore di un sole brasiliano. Lo consumarono, e il mondo attorno a lui sparì.

Quando le labbra si allontanarono, Cameron disse: «Ti volevo baciare dal momento in cui abbiamo cominciato a parlare, ma non mi sarei mai aspettato che sarebbe stato così.»

«Così... tipo come?» Il cuore di Brandon batté più forte mentre aspettava la risposta.

«Tipo che non vedo l'ora di baciarti di nuovo.»

Le labbra di Cam furono di nuovo sulle sue in un secondo. Erano piene e imponenti, al comando. La lingua era morbida e delicata, ma prese il controllo della bocca di Brandon in una possessiva dimostrazione di desiderio. Poteva sentire profondi sospiri caldi sulla propria guancia, e premette la bocca contro le labbra di Cam. I corpi erano vicini, ma erano ancora in quella strana posizione da caduta a terra, e Brandon bramava un maggiore contatto fisico. La mano scivolò dietro la vita ben definita di Cam, prendendo atto dei muscoli che erano lì, e gli infilò la punta delle dita sotto l'elastico del costume. Sorrise, senza smettere di baciarlo. «Andiamocene di qui.»

Cam lo tirò in piedi. «Tanto non ho mai voluto davvero giocare a questo stupido gioco.»

«Dove ve ne andate voi due?» li chiamò Bikini Giallo. «Stavamo finalmente giocando decentemente!»

Salutarono con la mano sorridendo e camminarono verso l'hotel.

«A che piano sei?» chiese Cam quando entrarono nella lobby.

La domanda lo mise a disagio. Come avrebbe fatto a spiegargli che non stava nell'hotel principale? E se gli altri membri della band, di solito indisciplinati, fossero stati nei paraggi? «Ti dispiace se andiamo nella tua stanza? I miei amici non ci darebbero nemmeno un po' di privacy e alloggiamo tutti assieme.»

«Nessun problema.» Presero l'ascensore fino all'ottavo piano e le porte si aprirono su un tumulto nel corridoio. Diversi uomini della manutenzione e il manager dell'hotel si trovavano di fronte a una porta aperta in fondo al corridoio.

«Che cos...?» Cam scivolò fuori dal braccio di Brandon e camminò a passo svelto lungo il corridoio. «È la mia camera!»

Brandon lo raggiunse, giusto in tempo per sentire la spiegazione del manager dell'hotel. «Gli ospiti della stanza sopra hanno lasciato il rubinetto della vasca aperto e purtroppo ha allagato la sua stanza. Tra qualche ora la camera sarà sistemata. Siamo molto dispiaciuti per l'inconveniente, ovviamente saremo felici di rimborsarle la camera per la notte, ma siamo totalmente al completo e non possiamo metterla in un'altra stanza.»

Cam fece due passi verso la stanza, ma non entrò. Guardò attraverso la porta e fissò la macchia larga e bagnata sul soffitto, gli occhi che si spalancavano increduli. Stava ancora gocciolando acqua sulla moquette. «Merda,» esclamò.

Brandon esaminò il danno da sopra la spalla di Cam. Era un casino. «Immagino che possiamo andare nella mia camera.»

«Sei sicuro? E i tuoi amici?»

Controllò l'ora sul telefono. Era ancora presto e se fosse stato fortunato, i suoi amici avrebbero creato scompiglio per le strade brasiliane fino al mattino. Mise un braccio attorno alle spalle di Cam e lo guidò fino all'ascensore. «Penso che staranno fuori per ancora qualche ora.»

Il dito di Cam aleggiò sui tasti di chiamata dell'ascensore. «Su o giù?»

«Giù.» *Molto giù.*

L'unica altra coppia sull'ascensore scese al quarto piano. Una volta che le porte si chiusero dietro di loro, Brandon immobilizzò Cam contro la parete. «Non vedo l'ora di portarti in camera mia.» Non era giusto, in teoria a quell'ora avrebbe dovuto bloccarlo contro il materasso anziché rubare un bacio di fronte alla videocamera di sicurezza che era sulla parete dell'ascensore. Invece, c'era una buona probabilità che avrebbe dovuto sfoggiare quel bellissimo uomo di fronte ai suoi ipereccitati amici, che pensavano che quella settimana a Paradise equivalesse a un gigantesco festival del sesso.

Premette le labbra sulla bocca di Cam con bisogno impellente. Sembrava fossero passati eoni dall'ultima volta che aveva assaggiato quella deliziosa lingua che lo faceva impazzire. Si immerse in quella bocca abbastanza da saziare il suo desiderio, ma non abbastanza da farne il pieno. Premette i fianchi più forte contro quelli di Cam e le loro erezioni sfregarono l'una contro l'altra.

L'ascensore scampanellò e le porte si separarono lentamente al centro. Si sciolsero in fretta dall'abbraccio e appoggiarono con innocenza le schiene alla parete posteriore. La giovane coppia che entrò li guardò con un sorriso sospetto.

Il sorriso soddisfatto da gatto che aveva ingoiato il canarino di Cam era una prova inequivocabile. Quell'uomo non poteva tenere una faccia da poker nemmeno se ci fosse stata sul piatto una vincita da un milione di dollari. Le sue guance erano arrossate di un rosa caldo e i suoi respiri profondi erano abbastanza forti da mettere in ombra la dolce musica dell'ascensore. Almeno quelli li avrebbe distratti dall'erezione che gli riempiva i pantaloncini, perché una famiglia di cinque persone avrebbe potuto trovare facilmente riparo sotto la tenda data dal suo pacco.

Brandon finalmente trovò il coraggio di lanciare un'occhiata alla propria erezione. Dio, era oscena. Si girò con la faccia alla parete per nascondere la mostruosità tra le gambe, ma non valutò bene le dimensioni della cosa e sbatté l'uccello eretto contro la parete.

Sussultò.

Cam sorrise.

La giovane coppia ridacchiò.

Per fortuna, la libertà era solo a un piano di distanza. Non appena le porte si aprirono, Brandon prese la mano di Cam e lo condusse fuori passando dall'uscita posteriore della lobby dell'hotel. Seguì un percorso che era nascosto tra massicce piante verdi e bromelie rosa acceso.

Cam si fermò per commentare il paesaggio. «Queste piante sono bellissime, non le ho viste nel resto del resort.» Allungò la mano e toccò una delle spesse foglie, per poi tastare il gambo del fiore.

«Sono bromelie.»

«E questo come lo sai?» Cam sorrise e puntò l'indice verso di lui. «Sei un orticoltore?»

Brandon rise. «No, sbagliato ancora.» Era il suo chitarrista che di recente aveva avuto una conversazione di venti minuti con uno dei giardinieri riguardo le piante autoctone dell'isola, ma Brandon non voleva spiegare. Prese Cam per mano e continuarono a camminare attraverso il giardino lussureggiante.

«Dove mi stai portando?» Cam si guardò attorno lungo il sentiero fuori mano. «Pensavo stessimo andando in camera tua.»

«Lo stiamo facendo, questa è una scorciatoia.»

«Comincio a pensare che la tua stanza sia un'amaca sulla spiaggia.» Cam ridacchiò leggermente. «Se è così, ci sto.»

C'era un'amaca... e una vasca idromassaggio, e un tavolo da biliardo, e un bar ben fornito. Non aveva idea di come avrebbe spiegato che la stanza era in realtà una villa privata a pochi passi dall'oceano con quattro camere da letto. Arrivarono alla fine del sentiero che si apriva su una zona appartata del resort. C'erano solo cinque ville sulla bellissima costa immacolata. I Bulletproof occupavano la seconda partendo dalla fine e, da quanto Brandon riusciva a vedere, sembrava tutto tranquillo... per il momento.

Cam spalancò la bocca quando capì che lo stava

conducendo alla soglia di una delle grandi ville. «È qui che alloggi?»

«Preferisco mantenere un basso profilo quando viaggiamo. A me sarebbe andata bene una suite in uno dei piani alti, ma i miei amici sono un po' esagerati.» Strisciò la tessera nel lettore ed entrarono.

Cam esaminò sbalordito l'open space del piano. Gli occhi sfrecciarono dal caminetto al tavolo da biliardo, poi sorvolarono sulla sala da pranzo e il disimpegno che portava alla cucina. Lo sguardo si fermò sulle scale che portavano al piano superiore prima di voltarsi verso Brandon. «Come cavolo puoi permetterti di stare in un posto come questo? Chi cazzo sei?»

«Sono solo un ragazzo che vuole conoscerti meglio. Ha davvero importanza cosa faccio per permettermi di stare in una villa con i miei amici?» Alla fine, avrebbe detto a Cam che era un famoso musicista, ma voleva vivere la fantasia di essere solo un ragazzo normale un po' più a lungo. Erano passati anni da quando era andato a letto con qualcuno che pensava a lui solo come "Brandon Bullet, essere umano" e non "Brandon Bullet, rock star".

Prese due bottiglie di acqua dal mini-frigo sotto il bancone del bar. «Ho la sensazione che saremo piuttosto assetati tra circa un'ora.»

«Un'ora? Tutto qui?» lo stuzzicò Cam. «Pensavo che il signor Ricco-e-Famoso mi avrebbe fatto passare un'intera notte di passione senza fine.» Fece un gesto indicando l'intera villa. «Pensavo che saresti stato all'altezza della tua reputazione.»

Il sorriso di Brandon si affievolì e il cuore gli diventò improvvisamente pesante. Sperava di essersi nascosto dalla pressione della notorietà, ma persino con l'identità occultata l'ombra della ricchezza e della fama lo teneva in quel reame. Era un ostacolo che cercava costantemente di superare. Mentre pensava con frustrazione alla sua doppia personalità, si ritrovò nel tenero abbraccio di Cam.

«Stavo scherzando.» La voce di Cam era rassicurante e sincera. «Non mi interessa che tu sia ricco o chi siano i tuoi amici. Sono qui perché voglio stare con te, Brandon Qualunque-sia-il-tuo-cognome.» Le morbide labbra di Cam si posarono sulla sua bocca. «Amo il mistero dietro la tua identità, ma giurami che prima di lasciare questo resort, mi dirai tutto. Non voglio passare il resto della vita a farmi domande su di te.»

«Lo farò. Solo, non ora. Ora, voglio fare questo.» Lo baciò con tutta la passione repressa che aveva nel cuore. Portò una mano sulla spalla di Cam e gli accarezzò la curva del bicipite, e fece scivolare l'altra attorno al girovita per andare a stringere una delle natiche del miglior culo del Sud America.

La temperatura della stanza si alzò di diversi gradi mentre il calore tra loro due aumentava. Brandon aveva bisogno di possedere quell'uomo prima di esplodere. Provò a interrompere il bacio così che andassero al piano di sopra, ma Cam non aveva intenzione di allontanarsi. Era più forte di quanto sembrava e non gli lasciava sciogliere l'abbraccio o il bacio. Di sicuro, Cam non era un uomo remissivo e Brandon cominciò a interrogarsi sulle dinamiche del sesso. Di solito non stava sotto, ma avrebbe potuto farlo per Cam. Si divincolò per liberarsi, ma l'altro rifiutò di spostare le labbra. Quell'uomo non aveva mai bisogno di respirare?

All'improvviso l'aria sembrò superflua. L'odore del corpo di Cam, mescolato con appena un po' di sudore a causa della giornata al sole, forniva tutto il sostentamento di cui aveva bisogno per sopravvivere. Inalò in modo profondo, permettendo al profumo inebriante di riempirgli le narici e nutrirgli i polmoni.

Cam finalmente prese fiato. «Dov'è la tua stanza?»

Brandon fece strada lungo le scale fino al secondo piano della villa. Senza Cam nel campo visivo, era incapace di guardare fisso davanti a sé e si voltava per guardarsi alle spalle ogni pochi passi. Cam aveva lo sguardo fisso sul retro dei suoi pantaloncini, il che gli provocò dei brividi nell'inguine. Era più che la solita eccitazione che precedeva il sesso. Era pieno di un nuovo senso di autostima, ed era il massimo come eccitante.

Cam gli prese una natica nel palmo della mano

appena arrivati sul pianerottolo e gli diede una bella strizzata. «Sai quanto sono stato vicino a mordertelo mentre salivamo?»

L'immagine dei denti di Cam sul suo corpo lo fece fermare all'improvviso. Lo spinse contro la parete, gli diede un bacio affamato, poi lo spinse verso la camera, prima che finissero nudi sul pavimento del corridoio.

Non appena la porta fu chiusa, mise entrambe le mani ai lati del viso di Cam e gli diede un bacio aggressivo. Quest'ultimo rispose con eguale passione e vigore. Era inebriante e stimolante essere con un uomo forte anziché con uno che soccombeva al suo stato sociale.

Tolse la maglietta di Cam e la lanciò sul pavimento, rivelando un petto definito e un bel fisico. Cam rispose abbassandogli i pantaloncini e facendoglieli cadere attorno alle caviglie. Era un altro atto di sfida, e lui incontrò lo sguardo di Cam con un sorriso provocante. «Hai intenzione di tentare di prendere il sopravvento tutta la notte, signor Douglas?»

Cam lo spinse contro la parete e premette tutto il proprio peso contro di lui. «Prendo sempre il sopravvento.»

Una calda scossa di energia vibrò vertiginosamente nel suo corpo. Non era abituato a quel tipo di aggressione, che gli mandava il livello di testosterone al massimo. Uscì con un passo dai pantaloncini, che erano ancora attorno alle caviglie, invertì le posizioni e gli immobilizzò le mani sopra la testa. «Allora mi sa che dovremmo lottare per stare sopra.»

«Io sto sempre sopra.» Cam aveva un luccichio di sfida giocosa negli occhi. «Pensi di riuscire a sottomettermi?»

Brandon sentì il sangue pompare più forte nel petto. Quelli con cui era stato prima erano stati troppo facili da dominare. «Pensi che io possa spezzarti?»

Cam si divincolò dalla sua presa e gli afferrò gli avambracci con una forte stretta. Ora che aveva preso il controllo, lo spinse all'indietro verso il letto. Entrambi caddero sul materasso con una risata, ma Cam mantenne la presa sui suoi polsi e atterrò sopra di lui. Brandon si divincolò in una sensuale prova di determinazione e forza, e girò Cam sulla schiena. Si sedette a cavalcioni su di lui e gli immobilizzò le mani sul materasso.

«Sei piuttosto forte.» Cam inarcò un sopracciglio con sorpresa e mostrò un sorriso sinistro. «Ma non forte abbastanza.» Fecero la lotta in modo giocoso sul letto e si rotolarono diverse volte, ognuno che gareggiava per stare sopra. Il loro wrestling scherzoso era un'esibizione seduttiva di potere, e le risate scandivano il gioco. Quando finalmente si fermarono, Brandon era disteso sul letto con Cam seduto sulle sue cosce che gli teneva le mani in una presa stretta. In affanno per la fatica e le risa, Brandon si arrese e smise di divincolarsi. Un attimo di intensa passione passò tra di loro, mentre sostenevano l'uno lo sguardo dell'altro.

Cam rilasciò lentamente la presa sui polsi e gli fece scorrere la punta delle dita sul petto e attorno alla sua vita. Trovò la sua erezione e la strinse nel palmo della mano. «Questo significa che sto sopra?»

«Immagino di sì, hai vinto.» Brandon fece un cenno con il mento verso il proprio cazzo. «E quello è il tuo premio.»

Le labbra di Cam scesero sulle sue con un calore soffocante. Sebbene avesse perso la lotta, Brandon non avrebbe ceduto il comando così facilmente. Lottò ancora per ottenere il controllo e provò a far rotolare Cam sulla schiena, ma quest'ultimo premette le labbra su di lui con più forza. Brandon gli passò le dita tra i capelli corti e ispidi e gli tenne ferma la testa mentre dominava il bacio. Provò a sopraffare la lingua dell'altro colpendola con la propria con autorità, poi cambiò il movimento in un forte vortice. Ogni volta che cambiava direzione, Cam lo seguiva. Proprio quando Brandon si sentì soddisfatto di aver avuto la meglio e aver mantenuto una sorta di gerarchia, Cam interruppe il bacio e gli affondò i denti nel collo. Lui sussultò e gli afferrò le natiche scolpite, per poi ruotare il bacino.

Nel momento in cui sentì il corpo di Cam rilassarsi, Brandon prese il controllo e lo girò sulla schiena. Fu sorpreso dall'assenza di resistenza. Si fermò un attimo, per assaporare il piacevole profilo del fisico dell'altro. Gli fece scorrere le mani sui pettorali e lungo gli addominali tesi, poi li baciò uno a uno. Gli abbassò il costume fino alle ginocchia e un lungo cazzo duro atterrò nella sua bocca, esattamente dove lo voleva. Succhiò e stuzzicò la cappella con la lingua, avvolse l'asta con le dita di una mano mentre l'altra prendeva le palle di Cam con delicatezza e le massaggiava. Erano lisce, sode e di una bellissima sfumatura di rosa.

Cam lasciò uscire un lungo gemito animalesco e scalciò via il costume. Alzò il bacino verso l'alto e si offrì del tutto alla sua bocca. Brandon leccò l'asta, fece dei cerchi con la lingua attorno alla punta e lasciò una traccia di saliva scendendo verso le palle. Ne succhiò una prendendola in bocca, e poi l'altra. Cam ansimò e gemette di piacere e sorpresa. Brandon gli fece alzare il bacino dal letto e gli divaricò le natiche così da poter vedere il suo dolce piccolo buco, che si contraeva invitante. Lo volle assaggiare e lo lambì con la lingua, infilandola dentro. L'odore di Cam era intossicante e lui aveva il sapore di un dolce proibito. Brandon si succhiò l'indice per lubrificarlo, poi ne immerse la punta dentro la fessura e abbastanza in profondità da far sussultare Cam.

«Oddio, è così bello, cazzo,» esclamò quest'ultimo.

Un sorriso soddisfatto si aprì sul volto di Brandon. Se il suo piano avesse funzionato, Cam avrebbe implorato di essere penetrato in tre minuti. Aveva la forte sensazione che la sua aggressività fosse più un atteggiamento che dominanza, e lui voleva provocarlo fino a farlo sottomettere.

Il dito continuò l'inesorabile attacco contro i muscoli tesi all'interno del culo di Cam. Brandon prese in bocca l'uccello ingrossato fino a che non colpì il retro della gola. Mosse la bocca in perfetta sincronia con il dito per accelerare il piacere crescente.

Cam respirava con affanno, e fece oscillare avanti e indietro la testa di Brandon tirandolo per i capelli. Aprì ulteriormente le gambe e si mise un cuscino sotto il bacino per offrirgli un accesso migliore, gemendo e ansimando. «La tua bocca è perfetta, il tuo dito mi sta facendo impazzire. Mettilo dentro. Più in profondità. Per favore... Metti due dita dentro di me, metti tutta la tua fottuta mano lì dentro.»

Brandon sorrise con ancora il cazzo dell'altro in bocca: erano le parole che voleva sentire. Dopo aver preso un po' di lubrificante dalla bottiglietta che era nel cassetto del comodino, inserì il dito nella fessura di Cam fino a farlo sparire. Cam gemette e portò le ginocchia in alto così che il buco si aprisse di più. Brandon aggiunse un altro dito, incontrando poca resistenza, e continuò a leccargli e succhiargli l'uccello in sincronia con il movimento delle dita. Dentro, fuori, poi dentro di nuovo con un movimento circolare. Cam grugniva ed era pronto a esplodere, e in quel momento Brandon si fermò. Ritirò lentamente le dita, poi la bocca, e liberò l'uccello con uno schiocco bagnato.

Cam tirò su la testa. «Non smettere.»

Brandon risalì lungo il corpo di Cam e gli diede un forte bacio sulle labbra. «Dimmi che lo vuoi, Cam. Perché posso dartelo, e farti stare davvero bene. Il mio cazzo ti può portare all'estasi. Lasciami stare sopra.»

La malizia illuminò gli occhi di Cam. «Ti avrei lasciato stare sopra fin dal momento in cui mi hai immobilizzato contro la parete. Ma mi piaceva il gioco che stavamo facendo.»

Una risata provocatoria risalì dalla gola di Brandon. «Piccolo bastardo tentatore, allora di solito stai sotto.»

«Sono versatile.»

Avvicinò le labbra all'orecchio di Cam. «Bene, perché ho intenzione di scoparti fino a farti perdere i sensi.»

Cam rispose girandolo sulla schiena e bloccandolo. «Farai meglio a farlo. Ma prima, te lo succhierò fino a farti piangere come una ragazzina.»

L'improvviso scoppio di aggressività diede a Brandon una scossa. La costante sfida per il controllo lo eccitava nel corpo e nella mente fino a livelli mai raggiunti.

Le labbra di Cam si posarono sulla sua bocca, poi gli cosparse il petto con baci famelici e tracciò con la lingua linee bagnate fino ad arrivarne al centro. Gli succhiò i capezzoli, gli mordicchiò i piercing e li tirò con forza. «Volevo morderti questi enormi capezzoli che hai da quando mi sono voltato verso di te al bar.»

Quelle parole lo fecero contorcere dal piacere. Sollevò il bacino e lo fece roteare contro l'addome di Cam, lasciando uscire un lungo gemito. «Mostrami cos'altro sa fare la tua bocca.»

Cam gli leccò gli addominali, creando un sentiero e delineando i contorni di ogni muscolo con la lingua. Disegnò una linea dritta passando oltre l'ombelico fino alla base del cazzo. Gli mordicchiò e succhiò un punto sensibile nel basso addome, così vicino che il suo uccello si appoggiò alla guancia di Cam. I denti morsero la delicata pelle con una forza che gli fece sollevare le spalle dal materasso. Mentre i denti ci davano dentro, Cam risucchiò la pelle in bocca e la lenì con la lingua, provocando piacere e dolore in egual misura.

Brandon mugugnò e passò le dita tra i corti capelli di Cam. «Mi stai torturando, Dio, mi stai facendo impazzire.»

Era ovviamente l'obiettivo di Cam e questi gli sorrise contro l'addome, sfiorandogli di proposito la cappella ingrossata con la guancia, ogni volta che lo accarezzava. Abbandonò il succhiotto violaceo che gli aveva donato al ventre e glielo prese in bocca. Lo stuzzicò con una leccata delicata lungo la fessura e attorno alla punta, mentre le mani continuavano a masturbarlo, su e giù lungo l'asta.

Cam lo stava succhiando così forte che Brandon quasi venne nel momento in cui quella bocca lo accolse. Poi, gli afferrò il cazzo con fermezza attorno alla base e fece scivolare le labbra su e giù lungo l'asta in modo che ogni centimetro fosse stimolato. L'altra mano di Cam trovò le sue palle e le massaggiò rudemente. Era appena un po' doloroso, ma il piacere superava di gran lunga il disagio.

Le terminazioni nervose di Brandon erano infuocate. Non aveva mai ricevuto un pompino così ben fatto; la bocca di Cam era divina. Rabbrividì e lasciò uscire un lungo gemito. «Fermati,» sussurrò. «Devi fermarti altrimenti verrò.» Cam rallentò e i fremiti si placarono abbastanza da permettergli di trattenere l'orgasmo che minacciava di sommergerlo. «Oh, Dio,» gemette Brandon, e afferrò una ciocca di capelli di Cam. «Fermati. Per favore fermati così ti posso scopare. Per favore,» implorò.

Cam risalì il suo corpo lasciando una scia di baci fino a dargliene uno sensuale sulle labbra, poi si rotolò sul letto accanto a lui. «Sono pronto.»

Brandon si buttò su di lui e gli diede un bacio potente. Bagnò velocemente le dita con il lubrificante e trovò la fessura di Cam. Ne fece scivolare dentro due, mentre con la lingua gli leccava il cazzo.

Mentre si dimenava sul materasso e respirava affannosamente, Cam piegò le gambe e si mise il cuscino sotto il bacino. «Sbrigati e scopami, sono un uomo impaziente. Ho bisogno di averti dentro.»

Il signor Passivo era loquace, e Brandon gli diede un morso delicato sulle palle per ricordargli chi era che comandava. Cam sobbalzò e le gambe si irrigidirono, poi si rilassò e lasciò uscire un sospiro profondo. Si era sottomesso, il che significava che si fidava. Probabilmente, non era facile per un passivo dominante come lui rinunciare al potere. Brandon tolse le dita, le pulì sul lenzuolo e trovò il preservativo che Cam aveva recuperato dal comodino. Brandon lo baciò con sicurezza e dolcezza, e un momento di rispetto reciproco calò tra di loro.

Era sul punto di aprire la bustina del preservativo, ma Cam lo prese per i polsi e lo spinse a sedere con le gambe penzoloni al lato del materasso. Brandon sorrise. Anche se Cam stava per prenderlo, voleva assumere comunque il comando.

Quest'ultimo prese il preservativo, ne aprì la confezione con i denti e glielo srotolò sull'uccello. Brandon era così sovra-stimolato che per poco non esplose guardando Cam chinarsi, aprirsi le natiche e ricoprire il proprio buco con il lubrificante.

Cam gli accostò la bocca all'orecchio. «Farai meglio a reggerti a qualcosa, perché ti scoperò così forte...»

Brandon fece un respiro profondo. Non aveva dubbi che sarebbe stata la cavalcata della vita.

Cam si girò e si abbassò su di lui, allineandosi al suo cazzo. Brandon gli afferrò una natica e spinse l'uccello contro la sua fessura. Cam sospirò e si abbassò, lasciò cadere la testa all'indietro e si portò le mani alle ginocchia. I muscoli stretti gli avvolsero l'uccello mentre Brandon spingeva più a fondo. Cam non rallentò mai, sebbene lui sapesse che stava faticando per via della circonferenza.

«Così,» disse Brandon. «Prendilo tutto.»

Cam gemette dando un'ultima spinta, atterrando con il culo sul suo grembo, e Brandon sentì il proprio uccello seppellito a fondo. Cam fece su e giù con il bacino, gemendo forte a ogni movimento. Aumentò la velocità fino a che Brandon non sentì le natiche sbattere sulle proprie cosce. Le loro palle si scontrarono più volte rimbalzando, con un dolore erotico che era in realtà piacevole. Brandon si aggrappò ai fianchi di Cam per darsi lo slancio, e lo incoraggiò. «Così, Cam. Oh, Dio. Sei un animale, Cristo.»

Quelle parole dovettero spronare Cam, che spinse più forte. Il letto tremò e la testiera cominciò a sbattere contro il muro con una serie di forti rumori. Più veloce. Più forte. Più profondo. Brandon riusciva a malapena a prendere fiato.

Cam cominciò a masturbarsi in sincronia con il bacino, e poi aumentò vertiginosamente il ritmo. «Sei pronto?» chiese, i denti così stretti che le parole uscirono soffocate e distorte.

Brandon mugugnò qualcosa, stava respirando troppo forte per formulare una frase di senso compiuto. L'eccitazione pulsò lungo il suo uccello, nelle palle, fino giù alle gambe. Si irrigidì e si lasciò cadere all'indietro sui gomiti, per poi alzare il bacino e formare con il corpo un perfetto arco. Cam si masturbava più forte a ogni spinta ed emetteva alti, lunghi gemiti. Sotto di lui, Brandon si contorse e venne con un silenzioso sussulto, che gli fece girare la testa.

Cam rabbrividì, i muscoli delle cosce che si contraevano dalla fatica, e si appoggiò con tutto il suo peso sulle sue gambe ancora tese. Tutta la forza di Brandon svanì, e collassò sotto Cam. Entrambi si lasciarono cadere sul letto e scivolarono giù dal materasso, finendo per terra, con le lenzuola satinate sotto di loro.

CAMERON FATICÒ A RIPRENDERE FIATO. Era parecchio tempo che non faceva il passivo mantenendo il comando e, Dio, era stato incredibile. Fuoriuscì dall'abbraccio di Brandon e gli tolse i capelli dal viso per vedere i suoi meravigliosi occhi blu.

Brandon giaceva distrutto sul pavimento, con le braccia lungo i fianchi, ma riuscì a distendere le labbra in un ampio sorriso. «Eravamo d'accordo che *io* ti avrei scopato. Sei un maniaco del controllo o stai solo cercando di uccidermi?»

Cameron si lasciò andare in una profonda e sensuale risata. «Ti avevo detto di reggerti a qualcosa.» Si mise in piedi e tirò su Brandon fino al letto. Aprì una bottiglia d'acqua, ne ingurgitò metà e gli passò il resto. Rivoli di sudore scivolavano sul petto di Brandon e i suoi addominali scolpiti scintillarono. Erano sei piccole montagne di magnificenza.

Aprì le porte scorrevoli del balcone per far entrare aria fresca e fu accolto dal sole che tramontava, illuminando di un caldo bagliore l'oceano e la sabbia.

Cameron tornò verso il letto con il cuore contento. L'aria salmastra soffiò dentro la stanza e sollevò i capelli di Brandon dalle sue spalle, facendoli svolazzare. Le ciocche bionde gli si erano arruffate attorno al viso in onde turbolente, a causa del sesso che avevano appena fatto, e formavano una sagoma bionda. Erano molto più sexy così che non legati.

Cameron si sedette sul bordo del letto e fissò gli occhi del suo partner misterioso. Il week-end che pensava sarebbe stato uno spreco di tempo e denaro si era trasformato in una notte di puro paradiso. Brandon lo tirò a sé per un bacio, nutrendo il fuoco che stava bruciando dentro di lui. Non riusciva a ricordare l'ultima volta che aveva provato una così intensa attrazione per un uomo. Una calda ventata di aria oceanica gli colpì il collo nudo e gli provocò un brivido lungo la schiena. «Sediamoci sul balcone.»

Brandon allungò una mano verso la sua guancia. «Perché non ti ho incontrato cinque giorni fa?»

«Perché ero a New York seduto alla mia scrivania in un soffocante palazzo di uffici.» Si infilò il costume e lanciò a Brandon i pantaloncini. Delle voci e delle sonore risate provenienti dalla spiaggia catturarono la sua attenzione. «Sembra che qualcuno si stia divertendo là fuori.» Attraversò la stanza e andò alla ringhiera del balcone. Le voci appartenevano a un grande gruppo che si godeva un falò sulla spiaggia.

«Non farci caso.» Brandon lo abbracciò da dietro e gli diede un bacio sulla nuca. Si accoccolarono insieme sulla confortevole poltroncina e guardarono l'oceano, le onde leggere che si infrangevano sulla sabbia e creavano un dolce rumore di sottofondo, mentre il sole dipingeva il cielo di un magenta scuro. Si abbracciarono serenamente, e Cameron appoggiò la testa sulla spalla di Brandon per poi sospirare. Il pensiero dell'imminente partenza di quest'ultimo gli pesava sul cuore: voleva più tempo assieme, voleva conoscere la storia di

Brandon, il suo presente e il suo futuro, ma il tempo non era dalla loro parte. «A che ora parti domani?»

«Presto,» sospirò Brandon. «Tra qualche ora, in effetti, partiamo da qui intorno alle cinque e trenta del mattino.»

Cameron sentì il cuore precipitare nel fondo dello stomaco. «Speravo che potessimo fare colazione assieme prima del volo, non pensavo che partissi così presto.»

«Stai con me stanotte.» Brandon gli posò un bacio delicato sulle labbra. «Voglio sfruttare ogni minuto che ci rimane insieme.»

«Mi piacerebbe.» Del calore si propagò nel petto di Cameron per il sentimento reciproco. La metà del tempo, non era esattamente sicuro di cosa quell'uomo elusivo stesse pensando, ora invece sapeva che condividevano la stessa intesa e ciò lo riempiva di gioia.

«Voglio che questa sia più che una botta e via, Cam. Sono attratto da te molto più di quanto lo sia stato da chiunque in molto tempo.» La tristezza si insinuò nei dolci occhi blu di Brandon, che persero un po' della loro luce. «Ma so che non è possibile dal momento che viviamo a migliaia di miglia di distanza. Viaggio molto e so che finirò a New York, a un certo punto, e spero che potremo vederci di nuovo. So che è irrealistico avere delle aspettative, ma mi piacerebbe sapere che è un'opzione.»

Cameron provò a rimanere ottimista, ma era un realista. Le buone intenzioni erano sincere, ma il tempo e la distanza avevano la tendenza ad allontanare i ricordi. «Conosco le statistiche. Andremo ognuno per la propria strada e incontreremo altre persone una volta che saremo di nuovo nel mondo reale.» Sebbene si sentisse come se il suo cuore fosse stato preso a calci, mantenne un dolce sorriso sul viso. «Però mi piacerebbe tenere la mente aperta; tutto è possibile.»

Brandon strinse le braccia attorno a lui in un abbraccio possessivo. «Bene. Perché non voglio che questo finisca già ora.»

Le voci provenienti dalla spiaggia, le stesse del falò, aumentarono di volume in modo costante fino a che non sembrarono essere proprio fuori dalla villa. Una porta sbatté al piano di sotto e le voci erano ora chiaramente nel soggiorno. «Erano i tuoi amici quelli sulla spiaggia?»

Brandon annuì.

«Perché non hai detto niente?»

«Perché sapevo che una volta che fossero tornati, avresti scoperto chi sono davvero.» Brandon fece un respiro profondo che era pieno di apprensione. «Sono Brandon Bullet, il cantante dei Bulletproof.»

«Sei in una band?» Lui ascoltava solo le notizie alla radio, non era aggiornato sulla musica e si sforzò di ricordare qualcosa. «Non penso di aver mai sentito parlare dei Bulletproof.»

Brandon scoppiò a ridere sorpreso e la sua ansia sparì. «Sei serio? Stavo nascondendo la mia vera identità così da essere sicuro che ti importasse di me come persona, e non dell'immagine di rock star, e non hai mai nemmeno sentito nominare la mia band?»

«Non sono...» Della musica eruppe per la villa a un livello di decibel inaudito e Cameron indietreggiò per il frastuono.

Brandon abbassò la testa e mostrò un sorriso imbarazzato. «Scusa. I miei amici non sanno come abbassare gli amplificatori, devo urlare fortissimo la metà delle volte solo per farmi sentire sopra la musica. Anche se, in effetti, quella è la mia specialità.»

Stava ancora pensando al fatto che Brandon fosse una rock star quando qualcuno urlò per le scale.

«Ehi, Brandon,» chiamò quel qualcuno. «Sappiamo che sei là. Vieni giù, ci serve il nostro cantante!»

«Già,» urlò un'altra voce. «Altrimenti canterà Jeremy e dopo ogni cane del vicinato comincerà ad abbaiare.»

«Taci, cretino,» esclamò una terza voce.

Brandon alzò gli occhi al cielo con affetto. «Quelli sono gli altri membri della band, i miei amici, il che spiega perché non volevo che tu li incontrassi. Li amo come se fossero miei fratelli, ma si comportano come ragazzini.» La sua espressione tornò seria e piccole rughe gli apparvero tra le sopracciglia. «Mi dispiace non avertelo detto. Volevo solo piacerti in quanto *me*. A volte è difficile capire di chi fidarsi e a chi credere, mi piaceva il fatto che tu non sapessi che fossi famoso.»

Quell'accenno di vulnerabilità prese Cameron di sorpresa e il pensiero volò a Brandon. «Sei sempre lo stesso ragazzo che ho conosciuto questo pomeriggio, non sei diverso da come eri dieci minuti fa.»

Qualcuno picchiò sulla porta della camera. «Porta il tuo culo di sotto, Bran!»

«Va bene,» gemette lui. «Arrivo tra un minuto.» Fece a Cameron un cenno con la testa a mo' di scuse. «Ti dispiace?»

«No, mi piacerebbe sentirti cantare.»

«Grazie per la comprensione. Prima però mettiti i vestiti, non mi fido dei miei amici arrapati intorno a te.»

La sala era piena di persone. Erano soprattutto uomini, uomini molto attraenti, che sembravano aver perso le loro magliette. Una piccola folla circondò Brandon non appena fu in fondo alle scale. Lui salutò educatamente e la attraversò senza lasciargli andare la mano.

Un chitarrista tatuato sedeva su un bracciolo del divano e produceva una melodia da spaccare i timpani proveniente dal piccolo amplificatore ai suoi piedi. L'altro bracciolo era occupato dal bassista, che creava un ritmo basso e martellante. In un angolo della stanza, tre ragazzi stavano installando una batteria alla velocità della luce.

Brandon fece un ampio gesto a indicare la stanza piena di persone. «Solo un'altra normale serata con i Bulletproof. Benvenuto nel mio mondo.»

Cameron fece un passo indietro per assimilare tutto: l'eccitazione, i ragazzi stupendi, le bellissime ragazze, le bottiglie di champagne e gli stimoli che ronzavano nella stanza in generale. Il tutto era elettrizzante. Era esterrefatto, senza parole. Non era in grado di descrivere la baldoria attorno a lui.

Il batterista si sedette dietro la batteria, si aggiunse alla chitarra e al basso e ne nacque una canzone. Qualcuno cacciò un microfono in mano a Brandon e lui lo guardò con apprensione. Si avvicinò a lui e gli parlò all'orecchio, così che potesse sentirlo. «Sei sicuro che non ti dia fastidio?»

La stanza era piena di energia e il cuore di Cameron batteva nel petto al ritmo della musica. Era elettrizzato per l'opportunità di sentire Brandon cantare con la band e di essere parte del concerto improvvisato che stava accadendo di fronte a lui. «Non vedo l'ora, Brandon, sarei deluso se non lo facessi.»

Brandon esibì un sorriso orgoglioso e gli diede un piccolo bacio. «Grazie.» Un'aura lo inondò mentre si trasformava in una rock star. Si passò le dita tra i capelli e li spettinò, così che fossero liberi e selvaggi. Sollevò le spalle, spinse il petto in fuori e alzò la testa.

Portò il microfono alle labbra e cantò con una voce sexy e graffiante che risvegliò Cameron dentro e riportò in vita la sua erezione. Tutti gli occhi erano sul cantante mentre si muoveva tra la folla, ma il suo sguardo continuava a tornare su di lui. Avevano stabilito un legame che nemmeno una stanza piena di persone poteva rompere.

Cameron lo guardava con adorazione e il desiderio gli dilaniava il cuore, bramava più di una notte con l'attraente, sexy cantante.

Quando la canzone finì, la stanza eruppe in applausi e acclamazioni, mentre Brandon tornava al suo fianco.

«È stato incredibile,» esclamò Cameron. «Ma perché ti sei fermato?» Fece un gesto rivolto alla folla entusiasta. «Tutti vogliono sentirti cantare.»

Brandon coprì il microfono con la mano e si chinò verso di lui. «Cosa ti andrebbe di fare? Questi qui potrebbero tenermi qui tutta la notte.»

«Voglio sentirti cantare.» Sorrise teneramente. Si sentiva pieno di adrenalina e orgoglio. «Non tutta la notte, ma qualche altra canzone.» Gli fece scivolare le mani dietro il collo. «Poi ti voglio di nuovo tutto per me, prima che il sole sorga.»

Brandon lo tirò a sé per un bacio profondo. Cam

riusciva a sentire il cuore di Brandon battere, il che fece accelerare il suo. Qualcuno fischiò, probabilmente uno dei membri della band, ed entrambi sorrisero con le labbra ancora premute le une contro le altre.

Mezz'ora dopo, Brandon finì il breve concerto. Scolò metà bottiglia d'acqua e prese Cameron per mano. «Ti voglio presentare gli altri membri della band.» Lo portò prima dal chitarrista. «Questo è Derek, il mio migliore amico e la mia più grande seccatura.»

Derek gli strinse la mano. «Non credere a niente di quello che dice di me.» Lui e Brandon si scambiarono un breve sguardo, e Cameron riuscì a cogliere il legame profondo tra i due. «Ci stavamo chiedendo che diavolo fosse successo a Brandon oggi, ma ora capisco perché ci ha dato buca.»

«Temo di averlo rapito non appena l'ho visto,» rispose Cameron. «Non ho potuto farne a meno.»

Il bassista spinse via Derek. «Sono Jeremy, sentiti libero di legarmi e rapirmi quando vuoi.»

«Stai assolutamente lontano da questo qui,» disse Brandon facendogli l'occhiolino, poi diede a Jeremy una spinta bonaria. Indicò il batterista che stava già limonando con un twink dai capelli chiari. «Quello è Alan, ma mi pare impegnato. Ehi, Alan, puoi prendere un attimo di respiro abbastanza lungo da dire ciao al mio amico Cam?»

Alan tenne fermo il viso del twink, girò la testa

abbastanza a lungo per dire: «Ciao, Cam,» poi riprese la sessione di baci.

«Ciao,» disse Cameron salutando con la mano.

«Questa è la mia band matta da legare. Ora che li hai conosciuti, andiamo in un posto privato.»

Cameron lanciò un ultimo sguardo attorno a sé. La villa era piena di gente allegra che mandava giù drink, c'era un'energia vivace e un'eccitazione contagiosa che gli infiammavano l'anima. Quella era probabilmente una serata normale per Brandon, il che gli fece realizzare quanto banale e noiosa fosse la vita che conduceva.

«Hai l'aria di voler restare.»

Cameron voltò la testa lentamente verso Brandon e sorrise. «Neanche per sogno.»

«Bene.» Si presero per mano e camminarono fino alla spiaggia. La serata si era rinfrescata, ma c'era una brezza calda e umida che rendeva l'aria perfetta per passeggiare sul lungomare. Si riusciva ancora a sentire la musica dal vivo proveniente dalla villa, meno il cantante dei Bulletproof. Cameron guardò verso il riverbero della casa e immaginò la delusione che aveva suscitato trascinando via Brandon. *Scusate, ragazzi, potete averlo tutte le altre sere. Stasera, è mio.*

«Possiamo tornare alla festa tra un pochino, se vuoi.»

Cameron smise di guardare la villa e riportò l'attenzione all'uomo al suo fianco. «No, ti voglio tutto per me.» Ricevette in risposta un sorriso caloroso che gli fece sussultare il cuore. «Stavo solo pensando a quanto eccitate fossero quelle persone nel vederti e cosa debba significare per loro essere a un'inaspettata festa in spiaggia a Rio de Janeiro, con un famoso gruppo rock.»

«Non posso dire con sicurezza cosa significhi per loro, ma io l'ho amato. Sembrava si stessero divertendo anche loro, questo è tutto ciò che importa: che i fan si godano lo spettacolo e la musica.»

«Ti piace ricevere l'attenzione, eh?» Cameron lo pungolò in modo giocoso tra le costole, ma il dito incontrò gli addominali tesi.

Brandon scoppiò a ridere. «Non mentirò: mi piace proprio.»

Cameron non riusciva a immaginare cosa volesse dire essere al centro dell'attenzione di fronte a così tante persone, era troppo introverso per quel tipo di esibizione pubblica. «Com'è stare su un palco? Come ci si sente a essere lì, di fronte a decine di migliaia di persone?»

Brandon guardò in lontananza, come ipnotizzato. «È... un sogno. Non c'è niente di simile al mondo, l'energia della folla è una presenza fisica che sento in tutto il corpo.» Rabbrividì leggermente. «È surreale, mi nutro delle urla e delle grida del pubblico, siamo connessi. Le loro voci sono un filo che ci lega assieme, siamo io e loro. E la mia band, ovviamente. Io, Alan, Jeremy e Derek siamo un tutt'uno sul palco. Esibirmi senza di loro sarebbe come vivere in un mondo in bianco e nero. La musica che creano mi illumina l'anima.»

Il modo in cui Brandon lo descrisse fece nascere un senso di meraviglia in Cameron, e desiderò avere qualcosa, qualsiasi cosa, dello stesso calibro nella sua vita.

Arrivarono a un lungo molo che si estendeva sull'oceano, verso il quale si diressero entrambi nello stesso momento, scambiandosi un piccolo sorriso per quella tacita decisione. Era lungo dieci metri buoni e camminarono fino alla fine. A quel livello, la bellissima acqua blu e chiara assumeva una tonalità scura per via del cielo notturno. C'erano milioni di stelle sopra di loro e la luce lunare si rifletteva sulla superficie dell'oceano come in uno specchio. Era bellissimo.

Brandon calciò via le scarpe da ginnastica e si tolse la maglietta. Cameron osservò i fantastici muscoli del petto e delle spalle della rock star, che luccicavano per i raggi di luce che si riflettevano sull'acqua. Brandon fece cadere i jeans e i boxer alle caviglie e ne fuoriuscì con un passo.

Quell'uomo meraviglioso stava di fronte a lui completamente nudo, e il suo uccello rispose ingrossandosi. Fece un passo in avanti, afferrò Brandon per la vita e lo tirò a sé per un bacio. Quelle labbra carnose risposero con la giusta quantità di pressione e gli diedero una scarica di adrenalina, il cuore che gli galoppava nel petto così forte, che poteva sentirlo nelle orecchie. Non gli importava che fossero ancora sul duro molo di legno, si sarebbe preso volentieri qualche scheggia per un altro giro con Brandon Bullet, ma in effetti avrebbe preferito la morbidezza della sabbia. Interruppe il bacio e si spogliò dei vestiti con impazienza.

Un paio di forti mani si posarono ai lati del suo viso e lo tennero fermo mentre le sue labbra venivano assalite da un altro bacio impetuoso. Cameron afferrò i polsi di Brandon e raddrizzò le spalle. Chinandosi in avanti, dominò il bacio con un movimento sicuro della lingua.

All'improvviso, Brandon si tirò indietro e inspirò profondamente. «Il tuo tocco, il tuo bacio... Mi fai andare a fuoco tutto il corpo.»

«Idem, rock star.» Cameron lanciò un'occhiata in basso, poi afferrò il sedere di Brandon e lo strizzò. «Ci spostiamo sulla sabbia, così non devo togliere schegge da questo bel culo?»

Brandon lo sfidò, sollevando un sopracciglio con un sorriso sornione. «Intendi dire così *io* non devo togliere schegge dal *tuo* culo?»

Cameron ridacchiò e scelse di non cogliere la

provocazione, aveva altro in mente. «Okay,» concesse. «Ci toglieremo schegge a vicenda.»

«In realtà mi sono svestito perché volevo fare un bagno. Sei tu quello che si è avvicinato e ha cominciato.»

Un bagno? L'erezione di Cameron si sgonfiò velocemente. Odiava l'acqua e andava solo dove gli arrivava massimo alle ginocchia.

«Andiamo.» Brandon lo prese per mano e lo condusse fino al bordo del molo. «Facciamo una veloce nuotata, poi lanciamo una moneta per vedere chi dovrà tirare via cosa dal sedere di chi.»

Ogni fibra nel corpo di Cameron stava opponendo resistenza e il battito cardiaco era alle stelle, ma i piedi seguirono Brandon. In cosa cavolo si stava ficcando? Mentre cercava di pensare a un modo di allontanarsi dall'acqua, Brandon si tuffò.

Il corpo dell'uomo formò un arco slanciato quando trafisse l'acqua con pochissimi schizzi, e si perse al di sotto della nera oscurità. Cameron rimase alla fine dell'ultima tavola con le dita dei piedi che sporgevano oltre il bordo. Contò i secondi dall'ultimo istante in cui aveva visto Brandon: uno... due... tre... quattro... Con la grazia di qualcuno che aveva dimestichezza con l'acqua, la testa di Brandon spuntò fuori e le sue braccia crearono delicati cerchi sulla superficie dell'oceano.

«Che cosa stai aspettando, Cam? L'acqua è stupenda,» esclamò Brandon, prima di sparire ancora sotto di essa. Le sue adorabili, pallide natiche emersero per un breve attimo, come la schiena di un delfino che faceva capolino sulla superficie, prima di scomparire, lasciando l'acqua immobile contro l'orizzonte scuro. Brandon apparve di nuovo, questa volta più vicino al molo. «Devo venire lì e lanciarti dentro?»

Era un'offerta alettante. L'idea di lottare con Brandon sembrava il perfetto preludio di una qualche sorta di preliminari belligeranti, ma Cameron non voleva finire per essere lanciato in acqua. Se proprio doveva entrare, sarebbe stato di sua spontanea volontà. Però gli mancava la sicurezza per lanciarsi semplicemente come aveva fatto Brandon, quindi si sedette sul bordo del molo e si preparò a farsi scivolare con delicatezza nell'acqua, ma la rock star lo chiamò.

«Ehi, ragazzo di città, ti ritroverai le palle piene di schegge a scivolare giù dal bordo così. Alzati e tuffati,» esclamò, «a meno che tu non voglia che io vada attorno alle tue palle con un paio di pinzette.» Il bianco sorriso di Brandon scintillò nell'ombra.

«Molto divertente,» esclamò Cameron mettendosi in piedi. Fece una serie di allungamenti, in realtà giusto per caricarsi per il tuffo, ma pensò che fare quei movimenti provocanti fosse un bel modo di ripagare Brandon per averlo costretto a fare il bagno di mezzanotte. Emise un sospiro profondo, *ora o mai più*, e fece un timido balzo giù dal molo. Entrò con i piedi in acqua senza immergere la testa e sperò di non sembrare un imbranato totale. Non era un nuotatore, ma era in grado di stare a galla. L'acqua era sorprendentemente calda e piacevole, ma sentiva comunque il bisogno di guardarsi attorno di continuo; dopotutto, quello era il momento migliore per diventare cibo per gli squali.

Brandon gli sguazzò vicino e gli diede un bacio. La sua bocca era calda come l'oceano e Cameron poté sentirne il sapore salato. Era invitante e sexy sentire l'acqua ondeggiare tra i loro corpi. Poi il bacio divenne aggressivo, ma Cameron non aveva le capacità di stare a galla e tenere una postura dominante allo stesso tempo, quindi affondò un po' di più nell'acqua. Preso da un attimo di panico, si avvinghiò a Brandon con le braccia e le gambe.

Sbilanciato per il peso aggiunto all'improvviso, Brandon scalciò e mosse le braccia sott'acqua per un istante, prima di tornare in posizione. Era molto capace e riusciva a sostenerli entrambi con poco sforzo. «Quindi ora cerchi di affogarmi?»

«No, ho solo avuto un improvviso bisogno di starti più vicino.» Aveva ancora le braccia e le gambe avvolte attorno a Brandon. «Ho pensato che con la galleggiabilità dell'acqua saresti stato in grado di reggere il mio peso, ma se sono troppo pesante...» Cominciò a sguazzare via, ma l'altro lo tirò indietro.

«Torna qui, sapientone.» Brandon lo afferrò per i polsi e rimise le braccia attorno al proprio collo. L'acqua schizzò tra di loro mentre i loro corpi erano premuti assieme. Cameron incrociò le caviglie dietro la schiena di Brandon, e ondeggiarono lì, nel silenzio della notte. La frenesia sessuale che avevano condiviso tutto il giorno si era trasformata ora in una calma intimità, era uno scambio di profondo affetto l'uno verso l'altro.

Brandon gli diede un bacio delicato sulle labbra. La lingua invadente era piena di passione, ma il movimento autorevole e dispotico che Brandon aveva mostrato tutta la notte si era trasformato ora in una dolce pressione della bocca. Era delicato e differente dai loro baci aggressivi pieni di desiderio, ma era altrettanto passionale, e Cameron amava questo suo nuovo lato meno dominante.

In lontananza, la villa era una versione in miniatura di se stessa, il che gli ricordò quanto fossero al largo. La fobia degli squali si era drasticamente placata, il cuore non gli batteva più all'impazzata e il bisogno di monitorare in modo costante l'ambiente veniva soddisfatto con una mera occhiata alla superficie di tanto in tanto.

Una leggera brezza si alzò e Cameron rabbrividì.

«Dovremmo tornare indietro,» disse Brandon. «Le

dita mi si stanno raggrinzendo.» Gli accarezzò una spalla con la mano bagnata. «E tu hai la pelle d'oca.»

«Inizia a fare freddo.» Riluttante, Cameron lasciò la presa su Brandon e camminò fino alla scala a pioli che portava al molo. Mentre saliva i gradini, l'aria fredda gli gelò il corpo nudo. Uno schiaffo bagnato sul sedere gli accese un piccolo fuoco sulla natica destra, e saltò sul molo. Scoppiò a ridere guardando in basso verso Brandon e allungò la mano verso di lui.

Brandon la prese e salì sul molo. Tirò Cameron a sé e i loro petti sbatterono l'uno contro l'altro con un sonoro schiocco.

Cameron gli afferrò il sedere e gli diede una bella strizzata, proprio mentre il vento li sferzava. Un brivido gli corse lungo la schiena e affondò il viso sulla spalla di Brandon.

«Sei freddo.» La voce di Brandon divenne preoccupata, e lo accarezzò su e giù lungo il braccio per generare calore.

«Tu sei caldo.» Cameron premette il corpo contro quello di Brandon per assorbire un po' del calore che proveniva da lui.

«Su, andiamo ad asciugarti.» Il musicista raccolse i vestiti, lo prese per mano e lo condusse lungo il molo fin sulla sabbia. Cominciò a correre e Cameron lo seguì. Faceva molto più freddo, ora che avevano preso velocità, e una risata gli fuoriuscì dalla bocca mentre correva.

Si fermarono vicino a una fila di amache, a metà strada tra la villa e la spiaggia. C'era una pila di teli da mare in un armadietto vicino a ognuna di esse, e Brandon gliene lanciò uno. Con un telo sopra le spalle, quest'ultimo si asciugò velocemente i capelli usandone un altro.

Guardare i muscoli della rock star flettersi per via dei rudi movimenti delle braccia e delle spalle gli fece dimenticare del tutto il freddo. Rimase in piedi con il telo posato sulla schiena, fissando i tatuaggi che scintillavano sul petto di Brandon e la criniera selvaggia di capelli bagnati, arruffata attorno a quel viso attraente.

Brandon si fermò quando si accorse che lo stava guardando. Camminò verso di lui con il telo aperto e lo avvolse con esso. Era un abbraccio caldo di soffice cotone, ma Brandon era rimasto fuori, esposto alla fredda brezza oceanica.

«Vieni qui.» Cameron fece scivolare le mani attraverso l'apertura dove le estremità del telo si incontravano e invitò Brandon a entrare. Non era grande abbastanza da avvolgerli entrambi completamente e una parte della schiena di Brandon e le sue natiche rimasero fuori a cavarsela contro il vento.

Si spostarono sull'amaca e impilarono una serie di teli su di loro come una coperta. Senza preoccuparsi di vestirsi, si accoccolarono insieme e guardarono in alto verso le stelle. Cameron si voltò verso la spiaggia e ascoltò il mare infrangersi sulla sabbia. Non riusciva ancora a credere di essere saltato da un molo nell'oceano oscuro, e si chiese che cosa glielo avesse fatto fare. Era la sfida posta da quell'uomo meraviglioso e spavaldo accanto a lui? O il bisogno improvviso di liberarsi e vivere senza la paura delle conseguenze? Qualunque fosse la ragione, Cameron era sicuro che non lo avrebbe mai fatto se non fosse stato per Brandon. Calde labbra sulla sua spalla riportarono la sua attenzione alla rock star distesa al suo fianco.

«Allora, com'è essere un contabile a New York?»

«Noioso.» Cameron non aveva bisogno di pensare alla risposta, specialmente dopo la festa a cui aveva appena assistito. «Mia madre voleva che diventassi un dottore, ma ero un genio dei numeri. Mi piace trovare scappatoie fiscali.» Sorrise tra sé e sé e combatté il bisogno di scuotere la testa. Dio, lo faceva sembrare un tale secchione. «Ho spezzato il cuore alla mia povera madre quando le ho detto che non volevo fare medicina all'università.»

Brandon emise una breve risata. «Non lo abbiamo fatto tutti? Riesci a immaginare lo sguardo sul viso dei miei quando ho detto loro che non sarei andato al college e che invece avrei provato a fare il cantante?»

Cameron sorrise in risposta. «Immagino che avessimo entrambi i nostri piani.»

«Già, nessuno poteva dirmi cosa fare quando ero un adolescente; ho fatto impazzire i miei.»

L'immagine di un Brandon Bullet ribelle, fuori controllo, che creava scompiglio, lo fece sorridere. Sebbene la sua adolescenza invece fosse stata tranquilla, anche lui aveva una vena di testardaggine e aveva scelto di seguire le proprie idee piuttosto che quelle della madre.

Si voltò di nuovo verso l'oceano quando una luce lampeggiò nell'oscurità. Era una nave da crociera che passava in lontananza e tratteggiava l'orizzonte con piccole luci. «È davvero bellissimo.» Sospirò e appoggiò la testa sulla spalla di Brandon. Rimasero distesi insieme in silenzio, ascoltando i suoni della notte, quando qualcosa di duro lo colpì sulla coscia. Spostò lo sguardo dal cielo a Brandon e fu accolto da un ghigno lascivo. Quei meravigliosi occhi blu scintillarono in quel poco di luce che giungeva dalle ville e gli infiammarono il cuore. Quell'uomo suscitava così tante emozioni dentro di lui, che l'intero suo mondo si era capovolto nel momento in cui si erano incontrati. Era stato uno dei migliori giorni della sua vita, ma non era ancora finito e non aveva intenzione di lasciare andare quell'uomo senza averlo avuto un'ultima volta.

Coprì Brandon con il proprio corpo e i loro uccelli

premettero l'uno contro l'altro come acciaio. Posò un bacio profondo sulle sue labbra e ne bevve il lussurioso sapore. C'era ancora un leggero residuo di sale dell'oceano che ne insaporiva la dolcezza. Cameron era così preso nell'assaggiarlo che era impreparato quando Brandon si girò e invertì le posizioni. Un piccolo sorriso permeò il bacio. «Solo perché sei sopra non significa che tu abbia vinto.» Sapeva che le oscillazioni sull'instabile amaca avrebbero fatto finire entrambi sulla sabbia, quindi gli stava bene lasciarlo sopra di lui. Inoltre, poteva facilmente controllare le cose da sotto. Seppellì le mani nelle dure natiche di Brandon e si spinse in su, muovendo il bacino così che le loro erezioni strusciassero l'una intorno all'altra. Era una rotazione erotica di muscolo contro muscolo.

Brandon provò a contrastare il movimento, ma Cameron tenne i fianchi saldi, quindi il musicista finì con lo sporgere il bacino in avanti, mentre lui gli si sfregava contro da sotto. Brandon seppellì la fronte contro la sua spalla ed emise un respiro tremante. «Cazzo,» sussurrò, e premette con più forza.

L'amaca dondolò sotto di loro e il materiale ruvido graffiò la nuda pelle di Cameron. Ogni movimento era un attrito pungente sulla schiena e sulle natiche, accompagnato da una fitta di piacere all'inguine. Le sensazioni opposte, ruvido e granuloso dietro, liscio e solleticante davanti, lo fecero bruciare di passione.

All'improvviso, Brandon rotolò sul fianco così che si guardassero l'un l'altro. L'amaca ondeggiò e i teli che avevano usato come coperta caddero dai corpi nudi, esponendoli all'aria salmastra, e Cameron poté percepire una brezza rinfrescante contro la propria pelle accaldata. Si presero l'uccello a vicenda nello stesso momento ed emisero un gemito all'unisono. I loro movimenti erano simili: forti e lunghi massaggi che si assicuravano di colpire le parti più sensibili sulla punta.

La forte mano che lo accarezzava, l'inebriante profumo dei lunghi capelli di Brandon, ancora umidi dell'acqua dell'oceano, e il bacio vorace che gli rubava l'ossigeno lasciarono Cameron stordito. La mano di Brandon, stretta a pugno, si mosse più veloce e la lingua andò più in profondità, facendolo eccitare ancora di più. Oh Dio, era pronto a esplodere.

Ma fu Brandon a venire per primo con un forte colpo dei fianchi. Interruppe il bacio e inspirò a fondo, mentre caldi getti di sperma gli fuoriuscivano dal corpo.

Soddisfatto il suo compagno, Cameron si rilassò del tutto e lasciò che il piacere lo sommergesse. Brandon strinse di più la mano, dandogli una pressione meravigliosa che gli fece tremare le gambe. L'intero corpo formicolò, come se un centinaio di mani fossero su di lui, poi venne con un brivido che scosse l'amaca.

Le labbra di Brandon furono di nuovo su di lui,

questa volta in modo delicato, il che era perfetto, perché Cameron era privo di forze e impreparato a un'altra lotta con quell'uomo che sembrava volerlo costantemente sfidare e si gustò il lento bacio. Senza l'atteggiamento combattivo, era libero di godere del potente legame che avevano stabilito.

Si ripulirono con i teli e si rivestirono, poi ripresero la camminata sulla spiaggia. Nessuno dei due disse nulla mentre passeggiavano a piedi nudi sulla battigia, abbracciati l'uno all'altro. Erano felici di essere da soli, di condividere la notte e la vicinanza l'uno del corpo dell'altro. Le parole sembravano superflue.

Camminarono in silenzio per un bel po', e Cameron poteva sentire le ore esaurirsi, il che significava che il tempo assieme stava finendo e che molto probabilmente non avrebbe visto Brandon mai più. Il pensiero gli dilaniò il cuore come una lama.

Rallentarono il passo e Cameron si fermò, voltandosi verso Brandon. Gli prese il viso tra le mani e lo baciò, i corpi si premettero l'uno contro l'altro e il calore che traspirava tra loro gli mandò a fuoco la pelle. La luce di una torcia di bambù nei paraggi illuminò gli occhi blu di Brandon, e questi gli si impressero nel cuore. «Non è incredibile che ci siamo incontrati solo oggi? Mi sembra che ci conosciamo da molto più tempo.»

«Anche a me. Vorrei non dover partire tra poche

ore... Voglio che tu venga al concerto di domani sera a San Paolo. Partiremo subito dopo, ma mi piacerebbe sul serio poter guardare tra il pubblico, o al lato del palco, e vedere il tuo viso.» Brandon gli diede un altro tenero bacio e gli accarezzò la guancia. «Sarò occupato tutto il giorno con il sound check e roba promozionale, ma posso mandare una macchina a prenderti.»

Gli riscaldò il cuore sapere che Brandon aveva gli stessi forti sentimenti, che sembravano solo intensificarsi a mano a mano che si avvicinava l'alba. Sebbene avrebbe preferito di gran lunga passare la sera successiva da solo con Brandon, l'idea di guardare lui e la sua band in un concerto intero era un bonus inaspettato. «Mi piacerebbe molto, Brandon, voglio passare più tempo con te e adorerei vederti sul palco.»

CAPITOLO TRE

CAMERON NON ERA MAI STATO a un concerto rock in vita sua, ma era impaziente quanto una groupie adolescente. Arrivare all'arena seduto sui sedili posteriori di una limousine non faceva che esaltare l'esperienza e nutrire la sua eccitazione. La corsa sembrò durare una vita, ma, alla fine, la sede del concerto arrivò in vista. Si chinò verso il finestrino per vedere meglio: gli spettatori sparsi erano per tutto il quartiere e la sicurezza era ovunque. Un grande gruppo di fan corse verso la macchina mentre questa accostava vicino l'entrata sul retro dell'arena. La sicurezza stava presidiando le barricate per tenerli a bada e al sicuro, ma loro si radunarono contro di esse.

Cameron uscì dalla limousine e l'esuberanza della folla si sgonfiò non appena videro che non era una delle loro rock star preferite, ma alcuni continuarono a fissarlo inebetiti, intrigati dalla sua identità e dal suo arrivo in una macchina costosa. Disse il proprio nome a una guardia nerboruta, che si fece da parte in modo cerimonioso e gli concesse di entrare. Percorse un lungo corridoio pieno di attività, le persone gli passavano di fianco in entrambe le direzioni, troppo impegnate per rispondere alle sue domande sul dove trovare Brandon. Continuò per il corridoio e controllò ogni porta fino a quando non ne vide una con il suo nome. Il cuore gli svolazzò mentre guardava il piccolo cartoncino in bianco e nero sul supporto metallico della porta, e bussò con impazienza. Un'ondata di musica alta e voci fuoriuscì dalla stanza quando una guardia di sicurezza rispose.

«Nome?» chiese la guardia, bloccandogli l'ingresso.

«Sono Cameron Douglas, Brandon mi sta aspettando.»

La guardia controllò la cartellina, poi si fece da parte per lasciarlo entrare. La stanza era piena di persone e Cameron navigò tra di esse alla ricerca della sua star. Il dolce odore di marijuana si infiltrò nei suoi sensi, qualcuno sedeva sul divano sniffando cocaina da una rivista, due ragazzi si palpeggiavano contro la parete vicino al buffet, pieno di un'enorme quantità di cibo, un barista versava drink dietro a un bar ben fornito alla sua destra. Quell'impressionante festa preconcerto poteva facilmente passare per l'evento principale.

Un paio di mani, ricoperte da guanti senza dita, gli circondarono la vita da dietro e lo sorpresero. Delle labbra gli solleticarono il collo, e poi la voce di Brandon fu nel suo orecchio.

«Pensavo non saresti mai arrivato.»

Cameron si voltò verso il compagno, aspettandosi il viso da ragazzino biondo della notte precedente. La bocca gli si spalancò quando fu accolto da un vero e proprio dio del rock and roll. La barba di un giorno era cresciuta in modo trasandato e gli adornava la mascella, gli intensi occhi blu erano contornati dall'eyeliner nero, jeans stretti e strappati gli avvolgevano il corpo, mentre il petto nudo mostrava i tatuaggi in bianco e nero e le barre d'argento che gli foravano i capezzoli. Le onde morbide dei capelli erano scompigliate in un look da "mi sono appena alzato dal letto" che diede una scarica di adrenalina al cuore di Cameron e alla sua erezione. Il travestimento da uomo ordinario era sparito, al suo posto c'era la rock star Brandon Bullet.

Brandon emise una piccola risatina. «So che sono un po' diverso da ieri, è abbastanza divertente vestirmi da ragazzo medio, ma è solo un travestimento. Questo è il modo in cui mi vesto normalmente, questo è il vero me. Tutti sanno che sono appariscente, quindi quando mi rado, mi lego i capelli e uso vestiti normali, nessuno mi riconosce. Posso andare facilmente in incognito minimizzando il mio aspetto.» Il sorriso si sgonfiò un po' e delle rughe di preoccupazione gli apparvero sulla fronte. «Ti piace? È troppo?»

«Mi fa impazzire, cazzo.» Il Brandon Bullet della notte precedente era tutto fuorché ordinario, era sexy e bello. Il Brandon Bullet che gli stava di fronte in quel momento, però, era così sexy e affascinante da brillare di luce propria, così intensa che quasi emanava calore. L'esteriorità differiva di molto, ma la stessa dolce persona risiedeva al di sotto. Prese Brandon per il mento, gli coprì la bocca con un bacio passionale e passò le dita tra i capelli ribelli di quella testa meravigliosa. I loro membri si scontrarono come due rocce massicce.

«Andiamo in un posto più tranquillo,» disse Brandon. «Mi dispiace ci siano così tante persone qui, si presentano così, senza preavviso, perché ho il camerino più grande.»

Brandon lo condusse lungo il corridoio a un altro camerino che aveva il nome di Derek sulla porta e si infilarono lì dentro. Era decisamente più piccolo di quello di Brandon, ma aveva comunque un'elaborata disposizione di cibo e un bar fornito. Brandon lo spinse sul divano imbottito di pelle e lo catturò con un bacio potente.

Forse era la sua immaginazione, ma Brandon

sembrava più dominante nel suo abbigliamento rock and roll. Ma lui non aveva intenzione di cedere solo perché l'aspetto dell'altro era più aggressivo e intimidatorio. Prese il controllo del bacio e gli avvolse le braccia attorno.

«Vogliamo giocare di nuovo a questo gioco?» chiese Brandon, con un luccichio malizioso negli ardenti occhi azzurri.

«Cosa c'è, hai paura di perdere di nuovo, rock star?»

«Per niente. Ti ho fatto vincere ieri notte.»

Cameron lanciò la testa all'indietro e rise. «Certo.»

Brandon ridacchiò e scosse la testa, poi lo baciò di nuovo. «Com'è stato il viaggio da Rio?»

Cameron non era stato affatto preparato per quel viaggio di cinque ore. Era stato ansioso e impaziente, ma l'interno della macchina lussuosa gli aveva offerto una piccola distrazione data dal televisore a schermo piatto. «Mi sono sentito come una celebrità. Grazie per aver mandato la limousine, ma non era necessario.»

«Non avevo intenzione di farti prendere il bus.» Brandon gli fece un sorriso provocatorio. «Sapevo che sarebbe stato un lungo viaggio, e volevo fossi comodo. Devi essere affamato, mangiamo.» Si recò al buffet e riempì due piatti di cibo. Dopo averli appoggiati sul tavolino, recuperò una bottiglia di champagne e due bicchieri, per poi tornare nel posto vicino a Cameron. «Vorrei che avessimo delle candele.»

Il pasto romantico e intimo contrastava con l'aspetto da hard rocker di Brandon, il che fece sciogliere il cuore di Cameron. «Hai organizzato tu questa cosa?»

Brandon annuì con modestia. «Volevo che il nostro ultimo pasto insieme fosse speciale e sapevo che non avremmo avuto alcuna privacy nel mio camerino.»

«Grazie. È molto piacevole.» Cameron appoggiò una mano sulla coscia di Brandon come gesto di apprezzamento, ma diventò subito erotico ed entrambi la fissarono.

Brandon gli si avvicinò abbastanza da far sì che il suo respiro gli solleticasse le labbra nel più leggero dei baci. Era delicato, dolce e lieve. «Prima mangiamo.» Infilzò una delle sottili fette di bistecca con la forchetta e la passò nella salsa piccante, ma anziché portarla alla propria bocca, la offrì a lui.

Una piccola goccia di liquido stava per cadere da un lato della carne. Cameron allungò la lingua e la catturò, prima che gli cadesse sul ginocchio. Brandon gli mise il boccone sulla lingua e lui chiuse la bocca attorno a esso. La carne tenera gli si sciolse in bocca, era succulenta e gustosa e rilasciò i propri succhi quando vi affondò i denti.

Dopo, Brandon infilzò una carota e la tenne a

qualche centimetro di distanza dalle labbra di Cameron.

«Per me?» chiese lui, con un sorriso timido.

Brandon annuì e gli portò la verdura alle labbra. Gli fece scivolare il morbido bordo della carota sul labbro inferiore, ricoprendolo di dolce liquido, poi lo leccò via. «Hai un sapore delizioso.»

Ogni fibra nel corpo di Cameron stava fremendo. Il cibo non era mai stato così seducente. Brandon lo provocò con la carota e la fece dondolare appena fuori portata. Lui allora gli prese la mano con impazienza e succhiò la verdura dolce e croccante.

Brandon infilzò con la forchetta diverse carote e un grande pezzo di carne per se stesso, sostenendo il suo sguardo mentre masticava lentamente.

Cameron guardò le labbra di Brandon muoversi. Immagini di quelle labbra sul suo corpo la notte prima gli riempirono la mente con uno show erotico che era difficile ignorare, fino a che non gli venne offerta una piccola patata rotonda. La morbida pelle era maculata e puntinata, il che gliela fece desiderare di più. La tenne salda sulla lingua finché non la addentò, a quel punto il caldo interno esplose con un sapore burroso.

Brandon prese un'altra patata rossa e la succhiò lentamente dalla forchetta con fare lascivo. La fece rotolare in bocca per diversi secondi prima di addentarla. Ne mise un'altra in bocca, poi fece scivolare la mano sulla nuca di Cameron e lo baciò.

Cameron si era aspettato un'invasione da parte della lingua, ma ottenne invece una piccola patata rotonda. La ingurgitò con avarizia. «Voglio un po' di carne,» disse, sospirando.

Brandon affondò la forchetta in una spessa fetta di carne. La immerse nel succo sul fondo del piatto, poi infilzò anche un pezzo di carota. La forchettata di cibo riempì la bocca di Cameron e lo saziò con gusto.

Brandon sorrise mentre lo guardava divorare il cibo. «È troppo? È troppo grande?»

Cameron scosse la testa e ingoiò. «La mia gola è senza fondo. Può ricevere molto di più.» Il sorriso provocante scivolò via dal viso di Brandon e lo sguardo si fece appannato, come se stesse immaginando le implicazioni della frase. Quell'espressione passionale era una vista che stimolò l'uccello di Cameron. Prese un bicchiere di champagne e lo bevve, poi lo appoggiò sulle labbra di Brandon così che condividesse il liquido effervescente.

Brandon raccolse alcuni pezzi della deliziosa carne con la forchetta e glieli ficcò in bocca. Lui masticò con desiderio insaziabile mentre Brandon lo guardava con brama.

Cameron afferrò la forchetta e offrì a Brandon

diversi pezzi di manzo; lui gli strinse il polso mentre la succhiava.

Si nutrirono l'un l'altro a turno, fino a che Cameron non si lasciò cadere sul divano, pieno e soddisfatto. Aveva finito con la cena, ora voleva nutrirsi della rock star seduta accanto a lui. Avvolse le braccia attorno a quell'uomo meraviglioso e lo guardò negli occhi. «È stata una cena incredibile, non la dimenticherò mai, Brandon. Grazie per aver creato ricordi che dureranno tutta la vita.»

Brandon rispose con un lento, dolce bacio che Cameron sperò non finisse mai. Gli mise le mani sulle guance e gli infilò la lingua in bocca, sentendo il sapore della carne, della salsa piccante, delle patate burrose e delle dolci carote. Delizioso. Gli portò le labbra al collo e ne succhiò la pelle. La bocca scese ai duri muscoli del petto, fino a uno dei capezzoli. La barra di metallo era dura contro i denti e fredda contro il calore della sua bocca. Il capezzolo si irrigidì e divenne turgido attorno al piercing di metallo. L'altro capezzolo sembrò chiamarlo e Cameron rispose; decise che quel capezzolo aveva bisogno di più attenzione e lo succhiò implacabile mentre Brandon lasciava cadere la testa all'indietro e gemeva.

Brandon staccò le spalle dallo schienale del divano, e prese Cameron per il mento. «Prendo il controllo oggi.» Gli tolse la camicia e la lanciò sul pavimento, lo fece sedere e si lasciò cadere sulle ginocchia tra le sue gambe.

Successe così velocemente che lui non ebbe la possibilità di resistere. Il piccolo atto di sottomissione scatenò le sue endorfine. Era un nuovo ruolo per lui e gli fece pompare il sangue più forte nelle vene.

Brandon gli ricoprì il petto con piccoli morsetti e pesanti colpi di lingua. Fece scorrere le mani lungo la curva dei bicipiti e gli esplorò ogni centimetro di torso tramite baci ardenti. Gli slacciò la fibbia della cintura e il primo bottone dei jeans. Il desiderio urgente e involontario di prendere il controllo si impossessò di lui e prese Brandon per i polsi. Si guardarono con aria di sfida. Entrambi aspettavano che l'altro distogliesse lo sguardo, ma nessuno cedette. Impaziente di avere la bocca di Brandon sul proprio cazzo, Cameron si calò i jeans senza distogliere mai lo sguardo.

Un sorriso si aprì sul viso di Brandon e abbassò lo sguardo sull'uccello di Cameron, a pochi centimetri dal suo mento. «Sono troppo eccitato per combattere con te, in più non riesco a resistere quando il tuo cazzo mi è così vicino alla faccia.» Gli afferrò il sesso in una presa stretta e lo masturbò con movimenti veloci. Cameron grugnì e gemette per il rude preliminare e spinse il bacino verso l'alto. La bocca di Brandon scese senza avvertimenti e lo succhiò così forte da farlo tremare.

Cameron passò le dita tra i capelli arruffati di

Brandon e ne afferrò una ciocca. Tentò di guidargli la testa, ma Brandon era in completa ribellione, opponendosi alla pressione. Se spingeva in giù, Brandon spingeva in su. Aveva impostato il suo ritmo, che era veloce e deciso, rapido e profondo... molto profondo. Cameron smise di lottare e si lasciò andare sul cuscino del divano. Era liberatorio rinunciare al controllo e lasciarlo a qualcun altro, gli permetteva di godersi ogni sensazione che gli attraversava il corpo.

Lasciò uscire un respiro profondo. Il corpo gli bruciava con un pizzicore ardente. Allargò le gambe e lanciò la testa all'indietro, respirando affannosamente mentre l'uccello si contraeva ogni due secondi. Brandon lo stava succhiando con una tale forza che le guance erano incavate, e i rumori dei risucchi che provenivano dalla sua bocca erano un suono glorioso.

Le labbra di Brandon smisero di succhiargli l'uccello e passarono alle palle. Accecato per un attimo dalla scarica di dolore inaspettato, Cameron trasalì, ma la rapida scarica di dolore si trasformò in leggero disagio e poi in piacere. Brandon faceva danzare la lingua sulle palle e le ricopriva di piccoli succhiotti. Gli tirò via le scarpe e gli liberò le gambe dai jeans, il tutto senza togliere la bocca dal suo inguine e se le portò sulle proprie spalle. Cameron allargò di più le cosce e scivolò più in basso sul divano. La calda lingua di Brandon si spostò tra le natiche e punzecchiò la fessura con duri colpetti. Era spessa, autorevole e si muoveva in vortici frenetici, tanto che Cameron avrebbe voluto che continuasse per sempre. Era così diverso giacere immobile e inerme, lasciando che qualcuno gli donasse piacere senza ricambiare.

Aprì gli occhi all'improvviso. Guardò in basso tra le proprie gambe, verso Brandon che aveva il pieno comando. Un sorriso insolente si aprì sulle sue labbra e la sua solita sicurezza subentrò. «Pensi di essere tu il capo, vero?»

Brandon sorrise e annuì, senza lasciargli andare l'uccello.

Cameron lo prese per gli avambracci, lo tirò su e lo immobilizzò contro il divano in un unico movimento rapido. Stupito dall'improvvisa inversione delle posizioni, Brandon indietreggiò e rimase a bocca aperta. Era imbronciata e piena, il labbro inferiore scintillava di saliva. Cameron lo succhiò e poi spinse dentro la lingua per un bacio dominante.

Quando si tirò indietro, Brandon aveva gli occhi blu elettrico velati. «Non riesco a credere a quello che mi fai, Cam, susciti in me cose che non sapevo esistessero. Il modo brusco in cui mi tratti è irritante e inebriante allo stesso tempo.»

Cameron prese un respiro profondo. Sapeva in prima persona quale scarica di adrenalina quel loro gioco di potere riuscisse a innescare. «Ti voglio scopare. Lascia che ti mostri quanto posso farti godere.»

Gli occhi di Brandon si spalancarono e fece appena un cenno di assenso con la testa.

Pieno di travolgente eccitazione, il cuore di Cameron gli batté forte nel petto. La bocca scese su quella di Brandon per un bacio violento, ma quest'ultimo non era pronto a cedere del tutto il comando e tenne unite le loro bocche premendogli una mano salda sulla nuca.

Cameron era così eccitato che tutto ciò che voleva fare era scoparlo fino a farlo urlare di piacere. Gli leccò il petto e diede un forte morso a ognuno dei tondi capezzoli scuri. Gli strattonò la cintura e liberò la fibbia; la zip dei jeans si aprì con un suono stridente e liberò l'uccello dalla prigione del tessuto. Emise una breve risata quando vide che Brandon non si era scomodato a indossare alcun intimo. «Sei stato presuntuoso, eh?»

Brandon gli mostrò un sorriso sghembo. «Speranzoso.» Scalciò via gli stivali e si liberò dei jeans così che fossero entrambi nudi.

Cameron rimase tra le gambe dell'altro e iniziò a masturbarlo: giocò con la cappella, la quale offrì una meravigliosa goccia di liquido setoso. Brandon allungò una mano e coprì la sua, guidandola su e giù sull'asta, ma Cameron la spinse via. «Si suppone che tu stia seduto e mi lasci lavorare.»

«Non riesco a rilassarmi.» Il respiro era pesante. «Non riesco a credere che lascerò che mi scopi.» Gli occhi sparirono dietro le palpebre per un attimo. «Anche solo dirlo ad alta voce mi ha quasi fatto venire. Fallo. Voglio che mi scopi, Cam.»

Esaltato dall'immagine mentale e dai discorsi sconci, Cameron si buttò in avanti e lo baciò. Le lingue danzarono con passione e impazienza. Interruppe il bacio quando sentì che Brandon gli stava premendo un preservativo sulla mano. Abbassò lo sguardo verso il pacchetto quadrato, poi lo alzò di nuovo verso Brandon, che con un sorriso sexy sul volto stava facendo ondeggiare un tubetto di lubrificante.

Sempre tenendo la bocca sul cazzo di Brandon, Cameron gli fece ruotare le dita attorno alla fessura fino a che non fu ben ricoperta. Spinse un dito dentro, tutto fino alla terza nocca.

Brandon grugnì, e fece scorrere le mani sulle proprie cosce. Una alla volta, portò le gambe sulle spalle di Cameron e gli affondò i talloni nella schiena.

Cameron fece sprofondare di più il dito e guardò il godimento passare sul viso di Brandon. Quest'ultimo inspirò profondamente e le palpebre gli tremolarono. Si bagnò il labbro inferiore con una seduttiva leccata di lingua, ed entrambi emisero un sospiro nello stesso momento.

Appoggiò le labbra sui duri addominali di Brandon. Le terminazioni nervose dentro di lui erano in subbuglio, impazienti di prendere quell'uomo meraviglioso. Ruotò le dita e le aprì a forbice dentro Brandon fino a che quest'ultimo non fu dilatato abbastanza da accettare con facilità il suo cazzo, che si stava ingrossando sempre di più a ogni secondo che passava.

Srotolò il preservativo sul proprio uccello e spalmò il lubrificante sul culo di Brandon. Ricordò a se stesso di andare piano mentre la cappella faceva breccia nella fessura, sebbene avrebbe voluto ficcarsi dentro fino alle palle. Spinse lentamente i fianchi in avanti, fino a che non fu seppellito del tutto. I muscoli di Brandon si contrassero a ogni spinta, stringendogli l'uccello con una piacevole pressione.

Brandon era stretto. Probabilmente era da molto tempo che non faceva il passivo. Una scarica di endorfine lo attraversò come una mitragliata, l'intimità che ciò comportava e un'ondata di calore lo presero di sorpresa. Il corpo gli fremette e gli si rizzarono i capelli sulla nuca, ogni spinta del bacino lo portava sempre più vicino all'estasi.

Brandon gemette e voltò la testa da un lato, sistemò meglio le gambe sulle sue spalle per offrire un angolo migliore, ma lui non ne aveva bisogno. Ogni movimento era meglio del precedente e ciò intensificava il piacere crescente dentro di lui. Afferrò l'uccello di Brandon e cominciò a masturbarlo allo stesso ritmo dei propri fianchi. Spinse più forte e più veloce e soccombette a un orgasmo che fu come se un fulmine lo avesse attraversato, mentre rilasciava il suo seme dentro Brandon. Aprì gli occhi giusto in tempo per vedere del caldo liquido bianco fuoriuscire dall'uccello di Brandon e finire sui magnifici addominali della rock star. Un'ultima spinta di bacino e Cameron emise un lungo gemito prima di cadere esausto sopra il compagno.

«Merda.» Brandon lo abbracciò e gli ansimò nell'orecchio.

Non riusciva a rispondere. Era troppo sopraffatto dalle emozioni che lo stavano attraversando. Rimasero sdraiati insieme sul divano, con i corpi avvinghiati, per diversi minuti, prima che Cameron si liberasse del preservativo, mettendolo in un tovagliolo sul tavolino. Quando si voltò di nuovo, Brandon aveva una dolcezza delicata negli occhi e un piccolo sorriso intimo sulle labbra.

«È stato molto bello. Non stavo sotto da anni.» Gli fece scorrere le dita sulla guancia. «Sono felice che sia stato con te. C'è un sacco di pressione nell'essere il frontman di una band famosa, è stato bello fare un passo indietro, lontano dal sedile del guidatore, per una volta. Non avrei potuto farlo con chiunque però, doveva essere con qualcuno di cui mi fidassi.»

Ecco di nuovo quella vulnerabilità, e il cuore di Cameron si sciolse in una piscina di liquido. «Sono felice di essere stato io.» Prese il viso di Brandon tra le mani e lo guardò dritto negli occhi. Avrebbe dato qualunque cosa per stare con lui qualche altro giorno e all'improvviso il centro del petto gli martellò con un dolore sordo.

Brandon gli fece scorrere un dito lungo il profilo della guancia. «Perché sembri così triste?»

La comprensione passò tra di loro e l'angoscia li avvolse.

«C'è una qualche chance che tu possa venire in tour con noi?» chiese Brandon.

«Vorrei poterlo fare, ma devo tornare per lunedì mattina. Questo è stato solo un veloce viaggio per risollevarmi il morale e smetterla di commiserarmi.»

«Ed è servito?»

«È stato il miglior week-end della mia vita, Brandon, non avevo idea che potessimo arrivare a creare un legame a un livello così profondo. Possiamo tenerci in contatto?»

«Sì, lo vorrei, Cam, voglio davvero vederti di nuovo.»

«Anche io.» Era la verità, ma la realtà era d'intralcio. Lui era legato al suo lavoro a New York e Brandon era una rock star che andava in tour per il mondo. Non avrebbe mai potuto stare al passo con il suo frenetico programma e le relazioni a distanza non duravano mai. «Quando torni a casa a Los Angeles?»

«Penso di avere altri tre mesi di tour, la metà del tempo non mi ricordo nemmeno dove andiamo. Feste promozionali, meet and greet, concerti, apparizioni televisive. Di solito, è il nostro manager che ci dice dove andare, oppure il responsabile delle pubbliche relazioni.»

«Sembri esausto solo a parlarne. Non rallenti mai?»

Brandon scosse la testa. «Non posso. Bisogna stare sulle montagne russe finché sono in moto, perché potrebbero fermarsi in qualsiasi momento. Ho lavorato tutta la mia vita per questo, è tutto ciò che ho sempre voluto, ma può diventare stancante. E solitario.»

Qualcuno bussò alla porta, sorprendendoli entrambi. «Mettiti i pantaloni, Brandon! Siamo sul palco tra dieci minuti. Felix sta per cagarsi sotto perché non sei nel tuo camerino.»

Una risata inaspettata fuoriuscì dalla bocca di Cameron e alleggerì l'atmosfera triste. «Chi è che si sta cagando sotto?»

«Il nostro manager. A essere onesti, non siamo esattamente noti per la nostra puntualità.» Il suo compagno di band batté ancora sulla porta e Brandon alzò gli occhi al cielo. «Arrivo,» esclamò.

«Sì, ci credo.»

Ci furono delle risatine dietro la porta, e loro due si scambiarono un sorriso affettuoso e scoppiarono a ridere.

Si ripulirono il più velocemente possibile e si rivestirono. Brandon controllò i capelli allo specchio, erano indomiti e scompigliati. Sorrise a Cameron. «Dovresti sistemarmi i capelli prima di ogni concerto.» Intrecciò le dita con le sue e si diressero verso la porta. «Spero che ti piaccia la musica alta, perché hai il miglior posto in assoluto.»

I FARI ROTEARONO in lampi di rosso, blu e viola, e la macchina del fumo creò una nebbiolina opaca che ricopriva il palco. Alan sedeva dritto, creando alla batteria un ritmo abbastanza forte da risvegliare i morti. Jeremy e Derek, il bassista e il chitarrista, duellavano schiena a schiena con i propri strumenti. Il suono metallico della chitarra si espanse nell'arena, poi le note basse e graffianti del basso risposero a mo' di sfida. La folla applaudì, gridò e batté i piedi.

Qualcuno lanciò un sospensorio sul palco. Derek lo raccolse e lo annusò, il che causò un'ondata di risate per l'arena. Se lo strinse al petto, poi lo mise sul microfono per custodirlo.

Lo sguardo di Cameron si spostò davanti al palco e si posò su Brandon. Racchiuso in un triangolo di luce bianca, questi allungò un braccio verso la folla. I fan corsero in avanti e provarono a prendere la mano, tutti innamorati di quel carismatico cantante.

Brandon si godette l'attenzione della folla. Saltò giù nello spazio tra il palco e le transenne e i fan si scatenarono con un ruggito esplosivo, scagliandosi in avanti verso di lui nel tentativo di toccargli una qualsiasi parte del corpo su cui potessero mettere le mani. Un fan si aggrappò al suo braccio e lo tirò contro la ringhiera. Il cuore di Cameron si fermò per un istante, fino a quando la sicurezza non intervenne e rimosse il fan.

Brandon saltò di nuovo sul palco, ma vacillò sul proscenio. Con il microfono alle labbra, rivolto verso il pubblico, scosse la lunga chioma che scintillò sotto le luci in soffici onde di oro filato. Urlò la canzone nel microfono con un sexy ringhio, e la folla gridò in risposta con i pugni in aria. C'erano ventimila persone nel pubblico ed erano tutte focalizzate su Brandon.

L'enormità della fama di Brandon colpì Cameron come un mattone in faccia. Era una rock star! Il petto gli si gonfiò di orgoglio. C'era una sala piena di fan urlanti, tutti che si precipitavano verso il palco per essere più vicini a Brandon e la sua band. La loro energia era contagiosa. La musica a tutto volume gli faceva vibrare il cuore contro la cassa toracica e il sangue gli pompava forte nelle vene. Batteva il piede e oscillava la testa al ritmo della batteria, si stava divertendo un mondo.

I capelli di Brandon gli svolazzarono attorno al viso in una massa selvaggia di onde e il petto nudo brillò di una sottile pellicola di sudore che gli ricopriva i tatuaggi di morbida lucentezza. Nel mezzo della baldoria, si girò e guardò verso di lui, ancora urlando nel microfono la canzone con un ritmo da cardiopalma. Nel momento in cui i loro sguardi si incontrarono, l'eccitazione esplose nel petto di Cameron e alzò il pugno in aria, mimando il saluto dei fan.

Cameron passò in rassegna il palco pieno di bellissime rock star. Alan era l'unico con i capelli corti, batteva gli stivali sui pedali doppi della batteria e le braccia erano una macchia confusa di muscoli tatuati. Jeremy stava in piedi su uno degli amplificatori con il basso appeso a livello del bacino, i capelli neri che gli rimbalzavano sulle spalle tatuate mentre pizzicava le corde con un seducente movimento di fianchi che accentuava ogni nota. Derek era in ginocchio nella parte davanti del palco, incurvato sulla chitarra con i lunghi capelli di fronte al viso, come un velo di visone nero. E poi c'era Brandon. Era al microfono centrale con le braccia allargate, le curve delle spalle e dei bicipiti erano come due piccoli macigni che riflettevano le luci. I muscoli definiti della schiena nuda si flettevano per via dello sforzo fisico di proiettare la voce per l'arena. I jeans attillati gli delineavano il culo da prendere a morsi.

I fan erano selvaggi e sregolati, c'era chi surfava sulla folla e veniva fatto cadere sul pavimento dell'arena, cantavano il testo sconnesso e facevano oscillare le teste al ritmo veloce della musica.

Cameron guardava lo spettacolo con entusiasmo ingenuo. Ogni canzone era eccitante e avrebbe voluto che la notte non finisse mai. Giochi pirotecnici illuminavano il retro del palco, i fan urlavano e facevano ondeggiare corna rock and roll in alto sopra le teste e coriandoli dai colori vivaci volavano per l'arena. Poi Brandon urlò le temute parole: «Buonanotte, San Paolo,» e il cuore di Cameron sprofondò. Il concerto da novanta minuti era volato, la fine dello show significava che Brandon sarebbe partito in meno di un'ora e che lui avrebbe potuto non vederlo mai più.

Sebbene Cameron fosse ammaliato da Brandon Bullet la rock star, era stato Brandon Bullet l'uomo a rubargli il cuore. Non avrebbe mai dimenticato quel week-end e pregò silenziosamente di non perdere i contatti con lui.

Brandon scese dal palco con l'umore alle stelle e gli avvolse le braccia attorno in un abbraccio che lo sollevò dal pavimento. «Non sono abituato ad avere qualcuno che mi aspetta dietro le quinte, era esaltante vederti a lato del palco nel bel mezzo del concerto.»

«È stato uno show fantastico, eri fichissimo,» esclamò Cameron, mentre una risata felice si faceva strada dentro la sua gola, spingendo via quel nodo malinconico. «Non ho mai visto niente del genere, è stato incredibile! Quando vi esibite nella Tri-State Area?»

«Abbiamo suonato nella East Coast all'inizio del tour, ma sono sicuro che ci torneremo... prima o poi.»

Prima o poi. Quel cavolo di groppo in gola riapparve, ed era delle dimensioni di una palla da baseball.

TRENTA MINUTI DOPO, Cameron era di fronte al tour bus, stretto nell'abbraccio di Brandon. Si tenevano l'un l'altro senza che ci fosse il minimo spazio tra loro. Non ci furono parole o addii commossi, solo un silenzioso scambio di sentimenti e un legame che li aveva colti entrambi di sorpresa.

Brandon Bullet era stato l'uomo che lo aveva tirato fuori dal suo pessimo stato d'animo. Non solo gli aveva ricordato che c'era un mondo là fuori, che si muoveva mentre lui vegetava nel suo appartamento, ma gli aveva mostrato che anche l'amore era lì fuori ad aspettarlo, e non lo avrebbe trovato rimanendo seduto sul divano del soggiorno.

Un week-end a Paradise lo aveva cambiato più di quanto avrebbe mai ritenuto possibile. Era più felice di quanto non lo era stato da lungo tempo, eppure gli sembrava che il cuore stesse morendo in fretta. Probabilmente, quella sarebbe stata l'ultima volta in cui avrebbe posato lo sguardo su Brandon Bullet. Il groppo in gola che aveva minacciato di soffocarlo e il dolore sordo nel cuore gli fece comparire una lacrima all'angolo dell'occhio. Non aveva idea che sarebbe stato così difficile dirsi addio.

Un forte rumore di clacson risuonò nell'aria silenziosa ricordando a Brandon che tutti lo stavano aspettando, e il motore dell'enorme tour bus prese vita con un rombo.

Brandon si fece indietro abbastanza da guardarlo negli occhi, ma gli tenne le mani sulle spalle. Aveva la voce bassa e piena di emozione. «Devo andare, mi dispiace.»

La voce di Cameron non era molto più ferma. «Lo so.»

«Mi mancherai.»

«Mi mancherai anche tu.»

«Ti chiamo domani e ti mando il programma del tour non appena me lo darà il manager.»

Cameron piegò la bocca in un timido sorriso,

sebbene il cuore gli si stesse spezzando. «Bene, perché voglio vederti esibire di nuovo.» In realtà, voleva solo rivedere Brandon di nuovo.

Il cantante gli prese il viso tra le mani e gli posò un lungo, delicato bacio sulle labbra. Il bacio indugiò mentre le lingue si davano un addio straziante. Il corpo gli faceva male per la tristezza, e lui si crogiolò in quell'ultimo bacio.

Le labbra si separarono con lentezza.

«Ci vediamo in giro, Cameron Douglas.»

«Ci vediamo presto, rock star.»

Brandon gli prese la mano e vi posò un delicato bacio d'addio. Camminò all'indietro a passi lenti, senza mai distogliere lo sguardo o lasciargli andare la mano. Le loro braccia collegavano lo spazio tra loro come una corda che si sfilacciava lentamente, finché la distanza non ruppe il nodo e le dita si allontanarono. Le porte del tour bus si aprirono con un fruscìo e Brandon salì i gradini. L'ultima triste occhiata che si lanciò alle spalle incontrò lo sguardo annacquato di Cameron prima che le porte si chiudessero come tende d'acciaio. Il tour bus dei Bulletproof scivolò via e si portò con sé un grande pezzo del cuore di Cameron.

CAPITOLO QUATTRO

TRE MESI dopo

Brandon provò a chiamare il cellulare di Cam per la milionesima volta. Poteva a malapena sentirlo suonare all'altro capo per via della chiassosa folla nel suo camerino, poi la familiare serie di suoni striduli si fece strada sopra il rumore, seguiti da: «Ci dispiace, il numero da lei chiamato non è più in servizio.»

Lanciò il telefono sul divano con più violenza di quella che si aspettava e quello rimbalzò per poi cadere sul pavimento.

Derek glielo restituì. «Che cazzo di problema hai? Da quando abbiamo lasciato il Brasile sei stato uno stronzo totale. Abbiamo appena suonato l'ultimo concerto di un tour con i controcazzi, siamo al Los Angeles Forum, siamo a casa. Smettila di piangerti addosso e volta pagina.»

Sapeva che Derek aveva ragione, ma il dolore del rifiuto gli bruciava il cuore. Aveva scambiato un paio di messaggi e chiamate con Cam i primi giorni dopo che era partito, ma poi più nulla. Cam doveva aver cambiato il numero poco dopo essere tornato a casa. Forse quel cretino del suo ex era ricomparso.

Brandon aveva pensato spesso al legame che aveva condiviso con Cam. All'inizio lo aveva trovato consolante, ma poi, quando le settimane senza contatti con Cam si erano trasformate in mesi, i ricordi avevano cominciato a lasciargli solo un buco nel cuore. Era un dolore pieno di domande senza risposta. Ora che il tour era finito, sarebbe tornato a casa, in quella casa vuota che gli ricordava che era solo. Sospirò e provò a lasciar andare il persistente rammarico. Non poteva farci niente se Cam aveva ripreso la sua vita. Sperava solo che fosse felice, anche se lui invece si sentiva un miserabile.

Derek gli diede una spinta al piede facendoglielo scivolare giù dal ginocchio. «Alzati, cazzo, e prendiamo da bere. Hai un bar pieno di alcol e una stanza piena di ragazzi, tutti pronti a farti dimenticare chiunque ti abbia buttato giù.»

Brandon non era interessato, il suo desiderio sessuale era praticamente inesistente da quando aveva lasciato Cam, ma l'alcol sarebbe andato bene per riempire quel vuoto.

Si scolò uno shot di Jack Daniel's, e mentre se ne stava versando un altro, una guardia di sicurezza gli ficcò in mano un mazzo di bromelie rosa acceso. «Un tizio stava perseguitando il buttafuori all'entrata di fianco al palco, non voleva andarsene finché non gli abbiamo promesso di darti questi.»

Ricordi di Rio de Janeiro e del sentiero verso le ville che era pieno di piante e bromelie gli fece accelerare il battito. Poteva davvero essere Cam dopo tutto quel tempo, senza nemmeno una telefonata per annunciare il suo arrivo? Cercò un biglietto ma non ce n'erano. «Com'era il ragazzo? Come si chiamava?»

La guardia scrollò le spalle. «Sto solo consegnando il messaggio.»

Brandon corse fuori dal camerino, giù per il lungo corridoio che conduceva all'arena e si fermò di fronte alla pesante porta. La spalancò, ma la schiena muscolosa di una guardia di sicurezza era nel mezzo e gli bloccò la visuale.

La guardia si voltò sorpresa e aprì uno spiraglio sull'arena.

«Brandon!»

Era Cam, che sventolava la mano come un matto, dietro una transenna a qualche metro dalla guardia di sicurezza. La felicità gli riempì il cuore e non avrebbe potuto avere un sorriso più ampio. «Lascialo passare,» disse alla guardia.

Cam gli si lanciò tra le braccia e lo abbracciò così stretto che gli fece fuoriuscire aria dai polmoni. Lui ricambiò l'abbraccio serrato e si aggrappò al compagno. «Pensavo che non ti avrei mai più rivisto.» L'euforia all'improvviso si trasformò in tristezza e la voce si incrinò. «Ho provato a chiamarti per mesi.»

«Lo so, scusami.» Cam gli prese il viso tra le mani e gli diede un potente bacio sulla bocca.

Il familiare bacio dominante e forte gli infiammò il cuore, mentre l'uccello gli diventava subito duro. Avrebbe voluto scoparlo lì nel corridoio, ma interruppe il bacio tenendo a bada gli ormoni impazziti. «Cos'è successo? Perché hai cambiato il numero?»

Cam afflosciò le spalle e sospirò. «La mia vita è tipo andata in pezzi. Ho perso il telefono e non avevo mai salvato i contatti su quello stupido cloud online, quindi quando ho preso un nuovo telefono, avevo perso tutto. Poi mi hanno lasciato a casa. Quando ho perso il lavoro, si sono ripresi il telefono e ho dovuto chiedere un nuovo numero. Non avevo modo di mettermi in contatto con te e, merda, stavo impazzendo.» La disperazione si infiltrò sul suo viso e scosse lentamente la testa. «Eri sparito.»

«Pensavo che non mi volessi più parlare. Avevo il cuore spezzato. Ho persino pensato di assumere un detective privato per trovarti, ma poi ho pensato che sicuramente avessi incontrato qualcuno.» Non aveva mai smesso di provare a chiamare il suo numero, però, nella possibilità che la chiamata partisse e Cam rispondesse. Anche nel caso in cui quest'ultimo fosse andato avanti, almeno avrebbe avuto una qualche chiusura. Non riusciva a credere che fosse davvero lì di fronte a lui e che sembrasse altrettanto distrutto dall'aver perso i contatti. «Sei volato fino a qui a Los Angeles solo con la speranza di poter venire nel backstage e vedermi?»

Il sorriso entusiasta di Cam avrebbe potuto illuminare l'arena. «Ho ottenuto un lavoro a South Figueroa, mi sono trasferito a Los Angeles una settimana fa.»

Brandon pensò di stare sognando. Era surreale che dopo mesi senza contatti, Cam fosse lì, a Los Angeles, in modo permanente.

Il sorriso di Cam vacillò un pochino e la preoccupazione gli offuscò lo sguardo. «Lo so che è una sorpresa e non ti aspettavi che mi trasferissi qui. Non so se la tua situazione sia cambiata, se hai incontrato qualcuno o se non vuoi...»

Un baciò interruppe la frase. «Non hai idea di quanto sia felice in questo momento, Cam. Voglio conoscerti meglio. Voglio avere la possibilità di una relazione con te. Mi sei mancato così tanto e non riuscivo a toglierti dalla testa. Voglio questa cosa più di ogni altra. Voglio *te*.»

Una lacrima brillò negli occhi di Cam. «Sono davvero felice. Ero preoccupato di accettare un lavoro qui, avevo paura che fosse una mossa troppo sfrontata, ma dovevo correre il rischio. Nemmeno io sono riuscito a smettere di pensare a te. Voglio esplorare la possibilità di un futuro con te, Brandon.»

Il cuore di Brandon stava battendo un ritmo stabile e felice. «Non so se riuscirai a gestire la mia folle vita, Cam, ma farò tutto ciò che posso per assicurarmi di non commettere gli stessi errori che ho fatto in passato. Ti comprerò i biglietti aerei perché tu possa raggiungermi durante i week-end che sarò in tour o tornerò indietro tra uno show e l'altro. Farò tutto ciò che devo. Voglio sul serio portare avanti questa storia e vedere se possiamo farla funzionare.»

«Afferriamo questa opportunità, Brandon, e cominciamo proprio ora.»

RIGUARDO ALL'AUTRICE

Jenna Galicki scrive diversi generi, inclusi m/m/f, m/f e m/m. *The Prince of punk rock* (*Radical Rock Stars* #1) è stato finalista per il Bisexual Book Award del 2015.

Nativa di New York, ora risiede nel sud della California. È un'appassionata di Rottweiler e un'avida ascoltatrice di musica. Quando non è china su un computer, la potete trovare nella prima fila a un concerto rock.

In qualità di cantante e chitarrista della famosa band internazionale Souls of the Knight, Sawyer Knight sta vivendo una vita che la maggior parte delle persone può solamente sognare. È circondato da musica, fama, benessere e donne che gli si gettano ai piedi. Ha tutto...

Tuttavia, non ha nulla.

Essere una delle più ricercate rock star del mondo è sfiancante, opprimente e solitario. Sawyer trascorre ogni singolo giorno cercando di essere come vogliono gli altri, come il suo manager gli dice di essere, come sua madre si aspetta che sia... il tutto mentre lotta contro chi è davvero. La verità è che ci è abituato; ormai è diventato piuttosto bravo a mentire... a vivere una bugia.

Fino a quando Jake Reed, il suo ex migliore amico, nonché l'unica persona che gli abbia mai fatto provare qualcosa, torna nella sua vita come nuovo capo della security della band. Jake vuole Sawyer, l'ha sempre desiderato e sarà così per sempre. Adesso deve soltanto far ammettere a Sawyer che anche lui prova le stesse cose.

«Sarai mio, Sawyer Knight. Più cercherai di correre veloce, più in fretta cadrai in ginocchio. A quel punto, Sawyer... a quel punto sarai troppo debole per resistere.»

Per alcune persone vale la pena uscire allo scoperto, non importa quale sia il prezzo da pagare...

Judah ha toccato il fondo. È al verde, non ha una casa, e ormai ha sfruttato troppo l'ospitalità dei suoi amici. La sua ultima possibilità è partecipare alla gara canora della trasmissione televisiva The Right Note, nella speranza di vincere. Quello che non ha messo in conto di perdere è... il suo cuore.

Un altro degli aspiranti concorrenti, Denver, sprizza gioia da tutti i pori, anche se la sua aria così spensierata nasconde l'orrore a cui è sopravvissuto. Judah è attratto da lui come da una calamita, ma non può fare coming out, soprattutto non su una televisione nazionale. Potrebbe costargli tutto.

Tuttavia, quando Denver si troverà di fronte a un problema, Judah dovrà scegliere: Denver... o la vittoria. Fare coming out... o perdere l'uomo che ama.

A eccezione della sua famiglia, la musica è sempre stata la cosa più importante nella vita di Carter Greene. Fare carriera in ambito musicale è tutto ciò che ha sempre sognato. Questo almeno fino alla terribile notte in cui ha quasi perso tutto.

Carter non riesce a scacciare dalla sua mente l'immagine di un uomo che ha incontrato nel suo momento più buio. L'uomo che ha rischiato tutto per salvarlo, e che è probabilmente la stessa persona che non vuole più parlargli.

Ryan Marshall ha condotto un'esistenza piuttosto solitaria dopo la morte di suo nonno. Passa molto del suo tempo libero ristrutturando la proprietà che ha ereditato e, nel frattempo, evita gli appuntamenti romantici.

Una notte fatale, una chiamata d'emergenza, fa incrociare le vite di Carter e Ryan e i due avvertono un immediato legame. Incapace di smettere pensare a lui,

Ryan cerca di rintracciarlo ma rimane deluso quando scopre che Carter non è come si aspettava. Ryan è deciso ad andare avanti e dimenticare il bellissimo ragazzo che ha salvato ma, quasi subito, realizza che il destino ha altri progetti.

Printed by Amazon Italia Logistica S.r.l.
Torrazza Piemonte (TO), Italy

22621600R00064